わたしたちの心をつなぐ

보통의 언어들

ふつうのことばたち

キム・イナ

たなともこ 訳

イースト・プレス

日本の読者のみなさんへ

はじめまして。この度はこの本を手にとってくださり、ありがとうございます。

言葉は今も同じように、それぞれの温度と意味をもって私たちの間を行き来していますよね。この本を書いたころは、すべての言葉がすべての人に同じ意味合いで届くのなら、世界はもう少しましなものになるかもという想像をしていました。誤解と曲解のない完璧な意思疎通ができる世界を夢見ていたのです。でも、最近は、言葉は匂いと同じだから、それはそもそも不可能だと思うようになりました。それに、そんな世界がありうるとしたら、やや奇怪で退屈な社会になる気もします。

言葉は生きていく日々と環境によって機敏に変化し、自分の心構え、期待、成熟さ、手狭さ、おろかさのぶんだけ違った使い方や解釈をされて成長します。だから「心が通じ合う」誰かに出会うと心地よさを感じ、通じ合えない誰かといるととても辛くなるのです。また言葉の違いは誤解を生むこともありますが、誤解によっては咲き散った痕が何もなかった痕跡より美しく残ることもあります。言葉には生命力があるから、それ自体の特性をだんだんと尊重するようになるのです。

わたし自身、自分の言葉がひどい匂いに変わらないことを祈ってはいますが、どこであれひたすら素敵な香りであることだけを望んでいるわけではない気がします。ただ、私の愛する人たちの言葉と程よく合わさることができる、弾けすぎることも埋もれすぎることもないくらいだと嬉しいです。人生を重ねるにつれ「程よく」がいちばん難しいという言葉が、ありとあらゆる面で真理なのだと気づきました。

この本が、あなたとあなたの愛する人たちの言葉と心を分かち合うための小さな手助けになりますように。韓国語で書かれたこの本の内容が、言語は違えど、同じ質感を持ったまま伝わることを心から願っています。

2024年5月　キム・イナ

はじめに

あなただけの言葉を、あなただけの世界を眺めること

言葉が存在しなかった時代。感情の種類は今ほど細かくなかったかもしれませんが、その時代の人間の感情はそれぞれ独自のものだったのかもしれません。私たちは感情を表現することで意思の疎通を図っていると考えがちですが、実際は自分たちが感じる感情に最も近い言葉を選び、それを通じて意思の疎通を図っているのです。まるで九九を覚える前に、数の法則を理解するように。気づかぬうちに言葉の中で対話し、思考していることもあります。一人で考える時間でさえ、決められた言葉に縛られがちになります。

言葉を通して世界を見つめ、他者を理解し感情を伝える。

言葉に真摯に向き合うことは難しいものです。

だからこそ、心が通じる対話は貴重です。

人間の言葉は文字として存在しているため、同じ言葉を使っても異なる感情が伝わったり、勘違いされたりすることもあります。

これは他人だけでなく、自分自身にも当てはまります。習慣的にどんな言葉を使い、どんな表現をどんな状況で繰り返し使用するかは、生の質と生に向き合う態度に大きな影響を与えます。感情が言葉の額縁の中でのみ保管され、伝えられるならば、私はこの額縁についての話をしたかったのです。特定の「内容」について話すよりも、枠組みを共有することが、本当の自分を見つめ合い、互いを理解する道だと感じました。

この本があなたと大切な人との対話に、少しでも役立ちますように。誰かとの架け橋になりますように。

キム・イナ

もくじ

Part 2

こころのことば

Part 3

じぶんへのことば

弱気になったときは少し休んでから進むこと

Part 1

だれかとのことば

波長が合うには
ビートを合わせなきゃ

From the radio

ＷＡＶＥという英単語には「海の波」だけではなく、「波動」という意味もあります。

「万物が存在するその形態を細かく分析してみると、物質でもあり波動でもある」

この説明が、科学について全く知識のない私にはとてもおもしろかったです。

「あ、私たちの存在はもしかすると波動なのかも！」なんて。

だから誰かが誰かと通じ合うことを

「あの子とは波長が合う」って表現するのですね。

人と人との関係は、波動の出会いでその波動がお互いのビートを合わせていくこと。

それは、あなたにとって大切な誰かと長い道を長い時間歩きたいのと同じ姿なんじゃないかな。

そんなふうに思います。

좋다

好きだ

相手に対する感情の属性

はっきりとした境界線がなく混沌とする感情。

好き（좋다《チョッタ》）という気持ちと愛する（사랑하다《サランハダ》）という気持ちがそれだ。好きという気持ちには確かに結び目があり必ずしも愛でないことも多い。けれど、ほとんどの愛は「好き」から芽生える。

「愛してる」は「好き」よりも尊い感情だと信じてきた。けれど、いつからか、この二つの感情がそれぞれちがう大切なものに感じられるようになった。もっと正直に言うと、「好きだ」という感情のほうが心地よい。好きという気持ちが愛かどうかを判断する方法はたくさんある。好きでも愛でもめぐり会うとうれしくなるのは同じ。

でも、離れているあいだ我慢できないくらい会いたければ、それは「愛してる」の可能性が高い。

恋人同士にある愛の属性の一つは「恋しさ」だ。恋しさとは空いたすきまが感じられるということ、いうなれば、この場所があなたで満たされることを願う気持ちだ。人はものではないのだから、所有することはできないというが、どうしようもなく所有したくなる不思議な気持ち。それが愛だ。

その反対に、「好きだ」という感情には条件がない。

ひとりで愛する人のことを見つめていると、心の片隅がずきずきしたりもする。好きな人にはそれがない。天気の良い日に干された洗濯物みたいに、ふわふわとした愉快な気分に包まれるのは「好きな人」だ。

愛する人は（あなたがカサノバでないなら）唯一無二だが、好きな人は同時にたくさんいることもある。このちがいがきっと、「好きという気持ち」が「愛するという気持ち」と比べて特別ではないと誤解される理由だろう。

私が「好き」という気持ちを大切に思うのは、この感情がもつ実時間性と日常性にある。私たちが「好き」という言葉をいつ口にするのかを思い浮かべると実時間性という言葉が何なのか理解できるはずだ。友だちと公園に座って気持ちいい風にあたっているとき、お気に入りのカフェでおしゃべりしながらふとつぶやく言葉。

「좋다《チョッタ》！（好き！／いい！）」

愛する気持ちには私をぶうんと上昇させたり限りなく墜落させたりするダイナミックさがある反面、好きという気持ちには全身と心の緊張をときほぐす安定感がある。

「愛する気持ち」と「好きという気持ち」に不等号をつけるつもりはない。

この二つは互いに交わるように完全にちがう世界をつくりだす感情だから。

「好きだ」という気持ちがどれほど私たちの暮らしを潤わせてくれるのかを忘れないでほしい。

실망

失望

私たちはみんな不完全な人間

「お互いを失望させることを恐れない、そんな関係になれたら嬉しいです。」

ちょうどラジオパーソナリティを始めた頃、思わず口にした一言。放送作家のイ・セッピョルさんがこの言葉を気に入って、番組のSNSにキャッチフレーズとして残してくれた。私はこれからリスナーのみなさんと特別な関係になりたいという気持ちを率直に表現した。それは素直な想いが赤裸々に現れた言葉で、自分でも驚いた。

私たちにはみな社交性があり、他の人にとって、「月」のように存在する能力を含んでいいる。相手にとって居心地が悪くない程度の素顔を見せる技術がある。これは礼儀や社交性を超えたテクニックのひとつだろう。

私は外向的で親しみやすいと思われることがあるが、その裏では対人関係に苦労していることを自覚している。それは、まるで薄氷の上を歩くような、繊細な心遣いが求められる世界だ。そういう人は居心地の悪い雰囲気に耐えられず、初対面で大らかさを演じがちだ。

「人は完璧ではない」という言葉は、相対的な表現だ。全ての関係を断絶し、私だけを見ているのなら、私は完璧かもしれない。優れた点と同じくらいの欠点を兼ね備えた、バランスのとれた人間なのだ。ただ、ねじれた部分があり、それが独自の視点と表現力につながっている。時折目立つ意地悪さもあるが、その反対側にはその分だけ何かを受け入れる包容力もある。良い点と悪い点は表裏一体で、分けて話すことは難しい。敏感さと繊細さ、鈍感さと大らかさもそうだろう。

私たちはそれぞれ異なる模様を持つ存在であるため、どこかの誰かにとっては完璧ではない。この当たり前の事実を、社交性のせいで忘れがちだ。だからこそ、他者の本当の姿を見ると、ときに失望することもあるだろう。

失望とは「望んだことが思うようにいかず傷つく気持ち」を指す。ここで注目すべきは「傷つく気持ち」ではなく「望んだこと」だ。失望は相手によって生まれる感情ではなく、何かを願ったり期待したり、推測したりする自分から始まる。

私たちは完璧ではないけれど、他人を見る視点も同じだろう。自分の経験や趣向、生まれつきの気質などがつくる私的な視線でしかお互いを見ることができない。

ただし、「期待すること」には何の問題もない。見えない部分を想像するのは私たちの特権でありロマンだ。期待をすることなしには恋に落ちたり、憐憫を感じたりすることはできないのだから。

では、「期待」の反対は何だろうか。それは「誤解」や「偏見」かもしれない。どちらも私的な視点から始まり、期待には愛情が、誤解や偏見には逆の感情が関与している。ときに期待が失望を生むこともあり、誤解や偏見が好感に変わることもある。つきあいの長い関係はこの二つの感情が交錯し、繰り返されて平均点を見つけていくようなものではないだろうか。

私が一緒に過ごしたい人たちに伝えたかったのは、まさにこの言葉だった。
「お互いを失望させることを恐れず、高い確率であなたを失望させるけれど、お互いの平均点を見出していけたら」という言葉……。

あるがままの姿で万人から愛されることは難しいかもしれない。それでもあるがままの姿を受け入れた限られた人との関係はかけがえのないものだ。私は誰かを一度も失望させずに、本当に親しくなれる自信はない。

思い切り失望し、そして自由に話をしようじゃないか。

미움받다

嫌われる

適当に嫌われて確実に愛されること

『嫌われる勇気』という日本の本は韓国でも大ヒットした。そのタイトルだけで心を引かれる一冊だ。「嫌われる」と「勇気」という相反する言葉の組み合わせが、多くの人の好奇心を刺激する。そして、嫌われることの真の意味について考えさせられる。

誰にも嫌われない人はかえって危険だ。一見、そういう人がいても、身近な人から陰口をたたかれている方が良い場合もある。一人の人間が誰に対しても完璧なわけはないからだ。しかし、それを理解していても嫌われることは避けたいもの。子どもの頃、美味しくないおかずを無理に食べさせられたような、不快な気分になるのは無理もない。

十人中、二人や三人に嫌われることは問題ないと感じるが、それが百人や千人になると恐ろしくなる。たとえ割合が同じであったとしても、大きな数字で表されると恐怖心は増幅される。仕事上関わる人たちの数が増えたことで、私は「嫌われても、ありのままの自分で生きることが大切だ」と気づいた。

「嫌われてもありのままで生きることが大切だ」。自分自身がメディアに出るようになってからはなおさらそう感じる。好き嫌いで評価されざるをえない立場である以上、方向性はよりクリアになった。

それは「ほどほどに嫌われ、確実に愛されること」だ。

人は互いをそれぞれの主観で見るしかないのだから、私を知らない人が私に否定的な感情を抱くのは、当然のことだろう。だからこそ、完璧な被写体でありたいと思うことは、地獄の始まりかもしれない。かわりに、ありのままでいることを受け入れてくれる存在は、砂金のように貴重に感じる。

私がラジオパーソナリティを夢見た理由も、ラジオはテレビカメラよりも自然な姿で人と心を通わせられる場だと感じたからだ。私のひねくれた一面を受け入れて共に笑ってくれるリスナーは、かけがえのない存在だ。放送人でありながらありのままでいられる場所は、ラジオだけのように思える。

「適当に嫌われて、確実に愛されよう」。嫌われるほどの勇気がない人にもおすすめしたい、私の人生観だ。

#愛すべき人

사랑하기에 좋은 사람

From the radio

私がどう思うかよりも、その人の視点で見たときに自分の姿が素敵に映ることがとても嬉しいと感じます。そうした瞬間、心に満足感が広がることってありますよね。一緒にいるだけで、私を素敵な存在だと感じさせてくれる人がいます。その瞬間に初めて、「この人は私を愛してくれているんだな」とか「私にとって素敵な人なんだな」と感じることができるんです。

Plus Comment

アパレルショップにあるミラーは「魔法の鏡」と呼ばれています。写真のアプリのように、何の技術が使われているのかわからないけれど、美しく見えるように比率の補正がされています。そんなことを知りつつも、その鏡に映る服に引き込まれるように、ついつい試着してしまいます。一方で、化粧品コーナーには「真実の鏡」があります。普段日焼け止めくらいしか使わないし、家であまり鏡を見ない方なので、この鏡の前に立つと自分に必要な化粧品があまりにも多いようなプレッシャーを受けます。家を出る前のささっと見るだけの鏡とは違って、こちらの鏡では自分の毛穴までが大きく見えてしまうのです。

他者に対しても同じです。私たちは自分の姿に向き合うのがとても難しいんです。

鏡に映る姿が自分の全てだと錯覚してしまうこともあります。自分が実際にどんな姿なのかが分からないというのは不思議ですね。これは外見の話だけでなく、変化し続ける自分の内面も同様です。

私たちは他人との関わりのなかで、さまざまな自分を表現します。完璧ではないけれど、それぞれの瞬間や状況で輝く美しさがあります。

だから、自分の不完璧な姿をうつしだす人に対して、「もしかしたら、この人は私を成長させてくれるのかもしれない」と思い込まないでほしいです。他人の視点から見える美しさや素晴らしさは確実に存在します。そして、そうした良い姿を見ることで、自分自身を信じることができるようになり、シナジーが無限に湧き上がります。

ただし、過度な美化に慣れすぎないように気をつけてください。あなたのまわりにあるさまざまな鏡を思い浮かべてみてください。あなたがどんな鏡の前で最も素敵に映ったのか、想像してみてくださいね。

선을 짓다

線を引く

その人と私の間の距離

誰かと若干の気まずさを感じたとき、それを伝えたり表現したりすることを「線を引く」と表現する。そして、この表現には寂しさがつきまとう。このことは誰もが知っているため、線を引くことに踏み切るのは勇気がいるものだ。なぜなら、なんだかとても冷めた行動に見えるかもしれないから。

私はどれだけ親しい人であっても、心の中で少しだけ距離を置くタイプだ。いや、親しいほどそうかもしれない。親しくても距離を置くべきだと話すたびに、私の意図と「距離を置く」という言葉が異なる解釈をされることがある。たとえば次のような場合だ。

「大切な人ほど、その人をより深く理解したいものです。そのためには、客観的な視点も必要ですし、何かを真剣に見ようとするなら、最低限一歩くらいは離れておくべきでしょう。人の気持ちも同じです。理解できていると思い込んだ瞬間、その関係は最新のOSが入っていないパソコンのようになり、本来のパフォーマンスを発揮できなくなることがあります。」

やはり、細かく説明しようとするとくどく感じられるかもしれない。ただ、私が大切に思う誰かに「線を引く」べきだと感じたときは、必ずこのように説明している。もちろん私がそう考える相手は、この気持ちを十分に理解し、同意してくれる。

「線を引く」という言葉は、私にとって「模様を描く」と同じだ。線を描くと星座のような模様ができる。つまり、「私はこんな人間だ」という行為こそが「線を引く」ことになる。世界地図を思い浮かべてみてほしい。くねくねとした線で分けられた国々は、線があるからといって断絶された関係ではない。たとえばヨーロッパの場合、各国の法令、風習、その他様々な違いを認め、配慮して、お互いを守るための枠組みとして線が存在する。

夜空の星のように、人の心の模様もすべて異なる。線を引かないということは、「模様がないアメーバのように生きなさい」という言葉に聞こえるかもしれない。

つまり、線を引くことは、か弱くて弱い、あるいは足りない私のどこかに誰かが触れた時、「私のこの場所はこうなっています」と告白する行為なのだ。逆に他の人よりもっと寛大だったり優れたりする部分があれば、その部分はすっきり晴れているだろう。こうして私たちは互いを通じて拡張し、自分のことを知りながら成長していくのだ。

生きていく中で線を引かなくてもいい人に出会うこともある。そうした人たちはそれなりの時間と努力をかけて私を観察し、それを土台に私の特性を点線で描ける人たち。そして、その下絵が実際の私と大差なかった場合、ようやく私は武装解除されるのだ。これがどれほど貴重な出来事かを知っているから、こうした人たちに出会うと、私もまた一生懸命に相手をスケッチしようとする。「このあたりが繊細そうだ」、「このあたりを面白がりそう」と思いながら。こうして描かれる人の模様は頻繁に変わることもあるので、絶え間ない観察が必要なのだ。この細かい過程をチャラにする言葉が「配慮」なのだろう。

だからこそ、私と相手の間にあるすき間は、互いをよく眺めるためのもののはずなのだ。

시차적응

時差ボケ

それぞれちがう心の時計

年齢の積み重ねを全身で感じている。その中でも一番顕著な変化は「時差ボケによる体への影響だ」だ。以前は、時差ボケという言葉がなぜ存在するのか理解できなかったこともあった。たとえば、ほんの少し寝不足でもすっと眠りにつくことが難しくなるのは、体内時計とは関係ないのだろうか。具体的な時期は正確には思い出せないが、睡眠薬を試しても、必ず韓国時間の就寝時間になると頭が停止するような感覚になり、自分の体が自分の気持ちに追いついていけないことに気づいたのだ。

人の感情にも時差があるように思う。

感情移入しやすく熱っぽい人がいる一方で、愛情を深く感じるまでに時間がかかる人もいる。だからこそ「愛はタイミングだ」という言葉が生まれたのだろう。

ここで後悔するのは、いつものんびりとした性格の役回りだ。相手を理解し、ようやくその感情に気づいた頃になると、相手の気持ちは離れてしまい、どれだけ急いで走っても相手は蒸発したかのように姿を消してしまう。一方で、無理に感情を愛だと決めつけて急いで関係を始めることもできない。だから、時差が合う人どうしの出会いもまた、愛の奇跡の一つと言えるだろう。

それは、恋に落ちる瞬間だけではなく、別れの瞬間も同じだ。自分がまだ恋人だと感じているのに相手はそうでないとき、あるいは逆に、気持ちが冷めてしまってどうして良いかわからないときもある。

ただ、人と人にはこうした時差が存在するからこそ、人の心に残る歌詞が生まれるのかもしれない。

대화의 기술

対話の技術

話術よりも大切なのは観察の力

向かい合って座り、カカオトークで話をする番組『トークでもしようか？（訳注：kakaoTVオリジナルで2020年9月1日〜2021年11月16日まで放送された）』の進行役を務めたことがあった。最初はこのコンセプトの何が面白いのか分からなかったけれど、対面でも非対面でもない独特なスタイルに好奇心を抱き、出演を決めた。幸い、「妙な形式」から生まれる予測できない真実と微笑ましさのおかげで、この番組は長らく視聴者に愛され、今でも「チャル（訳注：意志を伝えるために使われる写真やGIF画像）」の形で語り継がれている。当時私が気にしていたのは、放送に必要な「面白さ」ではなく、インタビュアーとして感じる「難易度」だった。この番組を通じて、「対話の本質」が言葉ではなく、「目に見える風景全体」にあることに気づいたのだ。

「対話」の意味は、「向かい合って話をすること」だ。凝視したり視線を避けたり、手を動かしたり腕を組んだり、顔を触ったり、時計を眺めたりするような行動は、言葉の裏に隠れた相手の気持ちを読む上での重要な手がかりとなる。

つまり、対話は観察であり、探索なのだ。多くの人が「良い対話」のための話法や話し方を学びたがる。しかし、対話の真髄は「相手の心をどうしたらきちんと探れるか」にある。もし『トークでもしようか？』が単なるトークショーだったとしたら、相手の表情やためらい、浮かれた様子などは感じられなかっただろう。面白かったのは、メッセージを書くときの表情こそが鮮明になるという事実だった。あえてお互いを見つめないことで、視線から解放された私たちは、子どものように素直になり、楽しい会話が生まれたのだろう。

ただし、対話が「観察」であり「探索」であるということは、大人としての人間関係において、顕著になってくる。相手を気遣うため、あるいは警戒するため、無意識に大きなまたは小さな仕草や態度が伴う。そして、その向こう側にある心を読むためには同じくらい繊細な努力が必要になる。

幼いころ、友人たちとおしゃべりするときは、何時間経っても楽しく、離れることが名残惜しかった。その反面、大人になってからの数時間の会話は妙な疲労感が残ってしまうこともある……。

사과하다

謝る

待つ時間が必要なとき

謝るという行為をまるで戦場で降伏するかのように考えてしまう人がいる。それは、宣言さえすれば全てが終結するかのような錯覚を生み出すが、戦争が終わってもそれが平和と同義であるということではけしてない。特に、被害を受けた国にとって、それはむしろ痛みの始まりとなる。戦争が荒らし奪い取ったものを復旧していく苦痛が、日常になるのは最も悲しい風景だ。

争いと戦争は根底にあるものは同じだ。利権がぶつかり、信念が衝突し、憤怒が湧き上がる以外に方法がないとき、私たちは争う。

双方に過失がある場合は、憤怒が冷めたころに自然と仲直りできるのが理想的だが、ここでは一方の過失がやや大きい場合の話をしよう。不思議なことに、被害を受けた人たちを慰める話は山ほどあるが、被害を受けた人たちに省察を促す話は少ない。

「ごめんなさい」と口にした瞬間、謝った側が主導権を握ったと錯覚することがある。もちろん、素直な謝罪は難しいことだが、「謝罪することの尊さ」に固執し、相手の反応ばかり気にすると、「ごめんって言ったじゃないか！」という不毛な争いに発展してしまう。謝罪をして受け入れる際に大切なのは、その事実そのものよりもその後の過程なのだろう。

謝罪される立場を思い浮かべてみよう。相手が「ごめんなさい」と言う瞬間は、まるで鍋の中の水が沸騰して火から下ろされたときのようだ。さらに沸騰することはないが、だからといってすぐに冷めたりはしない。実際、謝罪を受け入れた後でも、揺れる瞳孔で小さな憤怒を醸し出すこともある。「悪いってわかっていたらそんなことしちゃいけないよね？」「だから言ったじゃない」といった決まり文句が飛び出すこともある。もちろんこの言葉を言わないのがベストだが、謝る側は謝られる側の態度に点数をつける資格はない。

謝罪される側にとっても、気まずい時間はある。やむをえず差し出された手を握り、再び笑って話せるまで、一歩一歩がとても重たく感じられる。この重たい足取りを待つところまでが、本当の謝罪なのだろう。

大切な関係を続けるコツは何かと聞かれれば、しっかりと仲直りすることだと答えるだろう。仲が良いときに相手を思いやるのはごく簡単で、当たり前のことだ。大切な関係であるほど、距離が近ければ近いほど、葛藤が生まれる確率は高くなる。だからこそ、葛藤をどうやって受け入れ、次の段階に進むかが大切なのだ。うまく収まった喧嘩ほど、関係をさらに強固にしてくれるものはない。過ちを犯したときは、むしろこの関係をさらに強固にするチャンスが与えられたのだと考えてみよう。

연애의 균열

恋愛の亀裂

過去の記憶がつくりだした疑いのサイレン

電車には向かい合って座る座席がある。あるとき、移動中にどうしても急ぎの仕事をしなければならず、やむをえず後ろ向きに座って作業をしたことがある。仕事が終わり風景を楽しもうと目を向けると、すぐに吐き気を感じてしまった。自分が動いている方向と反対を眺めることの違和感。小さいころ、冗談で後ろ歩きをしたときも、こんなぎこちないむかむかと後ろに何があるかわからない恐怖が重なり、数歩で立ち止まった記憶がある。

ひょっとすると、初恋以降の恋愛はすべてこんな感覚なのかもしれない。つまり、この先の時間を逆から眺めて歩くような。

ラジオの恋愛相談コーナーには、こういった悩みが山ほど寄せられてくる。たとえば、過去の恋愛のトラウマのせいで恋愛できないという悩み、過去の恋愛でひどい目にあったためその真逆の性格の人との恋愛で生じる悩み、過去の恋愛ほど完璧じゃなくて満たされないという悩み……。

初恋がつらかったり、うまくいかなかったりする理由は、自分の中に参考になる恋愛のデータがないからかもしれない。何の情報もなく裸の心で向き合う人生で一度きりの恋愛こそが初恋だ。満開の感情を隠さず、咲かせるだけだと思ったピュアな初恋。

恋愛をたくさんすることで得られた経験値は、熟練した実力を発揮させる。実際、たいした恋愛経験がなくても、自分の恋愛がうまくいかなくても、恋愛相談が得意な人は多い。恋愛ほど常套句が入り乱れた行為はないし、予測も簡単だから。

一般的な流れはこうだろう。

一寸先が見えない「片思いの苦痛」。夜明けのように明るくなる「サム（訳注：友だち以上恋人未満の段階）の時期」。キスシーンで止まってしまったドラマみたいな「恋愛の始まり」。まあまあ楽しく、ミディアムテンポの曲のような「安定期」。先のことが感覚的にわかってしまう秋に似た「別れの兆し」。いちばん慣れ親しんだものがいちばん悲しいものへ変わっていく「別れ」。

相手にとっていちばん大切だった自分の感情あるいは相手の感情がわずらわしくなってしまう、面白くもない孤独な時間。

一人は一つの宇宙だ。そして恋愛は、二つの宇宙が衝突し、完全に新しく作りだすまたもう一つの宇宙。新しい恋愛は完全に新しい宇宙なのに、傷つくことなくたくさん愛されるために、消滅してしまった宇宙のデータを検索する人たちがいる。誤った検索による誤った行為によって、恋愛は決まってきしんだ音を立てるものだ。

恋愛に亀裂が生じるいちばんの理由は、疑心から始まる（ここではどちらかに致命的な過ちがあるケースは除外しよう）。

疑心は、恐怖の瞬間から自分を守るための一種のサイレンのようなもので、過去の学びなしには得がたい感情だ。

だとすれば、恋愛でいちばん恐ろしい状況はなんだろう？　それは相手の心が冷めてしまい、別れが訪れることかもしれない。その状況になるまで気づけなかった自責の念は、新しいパートナーの微妙な変化に対しても、激しい疑念の警報を鳴らすことにつながる。ロマンのない表現だが、そのサイレンが鳴らされる側は、負け戦を始めることになる。

愛する気持ちが大きいほうが不利だと耳にしたり、実際に感じたりしたことがあるだろう。ただ、そう感じる主な原因は、愛の大きさではなく、現在の恋愛に干渉する過去の亡霊にあるのだ。その亡霊が力を持つにつれ、疑心と誤解は大きくなっていく。

疑心から始まったきしみはその現象だけを見ると、まるで自分の愛する気持ちが大きすぎたから生じたようだ。

新しい関係は、まるで電車の車窓から眺める景色のように時間とともに変化していく。ただ、私たちはしきりに後ろを振り返って景色を見つめることで、この先に広がる新しい景色を見逃してしまう。たとえ向き合って座ったとしても、別の場所を眺める時間が長くなるほど、二人の生んだ新しい宇宙は生命力を失っていく。

「愛は向かい合うのではなく、同じ場所を見つめること」という言葉が好きだ。正確には恋愛とは向かい合うことからスタートし、同じ場所を見つめることだ。もちろん、過去の恋愛の経験をすべて消し去ることが最善なのかと聞かれれば、それはまたちがう。

つまり、その経験値を「ほどほどに」使えることが、まさに恋愛のマスターキーではないだろうか。それが決して簡単ではないからこそ、世の中には別れの歌がこんなにも多いのだろうけれど。

あなたの恋愛はいま、進行方向の座席に座っているだろうか、それとも後ろ向きの座席に座っているだろうか。

공감

共感

通じる気持ちはディテールから

何の役にも立たない文章をSNSにポストしたことがある。この本の原稿を書きながら、途中しばらく休んでいたときのことだ。机の上に置かれている国語辞典のページの角がクルクルめくれている写真をアップした、どうでもいいクセについての話だった。幼いころから紙さえ見ればその先っぽをくるくるめくり指先をくすぐる癖があったのだが、大人になっても直らないのがとても不思議だった。だが驚いたことに、私みたいなクセを持った人たちがコメント欄にたくさん現れたのだ！

世の中にこんなにたくさんの紙フェチがいたなんて……。コメントを残した人たちはみな、私みたいな驚きであふれていた。自分だけだと思ったとか、自分だけ変なんだと思っていたという人たちだ。興味深いのは、この習慣が理解できない人たちの共感コメントだった。よくはわからないが、共感できるという人たちがものすごくたくさんいたのだ。「共感帯が普遍であるほど、フレームが広ければ広いほどさらに広げられる」という自分のなかの常識が壊れた瞬間だった。

考えてみると歌手のＡｉｌｅｅ《エイリー》の『저녁하늘《チョニョッハヌル》　夕日』も同じだった。前作（訳注：『キム・イナの作詞法』）でも書いたが、私は自分のもっとも深い記憶をその歌詞に込めた。母が外国で働いていた時期、一年に数回だけ韓国にもどって来る母をまた見送って帰路についた、いつも同じ時間帯の空。幼い私に刻まれたその胸の痛みに、夕日をいっとき眺められなかった記憶を込めて書いた歌詞だったが、どの歌詞よりもたくさんの共感を得た。それは偶然だったのと、ひとえにＡｉｌｅｅのボーカルのおかげだと思っていた気がする。

共感に対する私の誤謬《ごびゅう》は、「書く者の立場」だけから考えていたことだ。より多くの人たちの共感をえるためには、さほど具体的ではない広いフレームの話を書く必要があるという錯覚。たとえば、理想像を明かすとき、「左右対称じゃない目、きれいな肌、美しい指、ふっくらした唇」などを列挙するより「目鼻口のある人」と一般的に表現するほうが、より多くの人たちから共感を得られると考えていたのだ。

しかし、「紙フェチ」のエピソードや『저녁하늘 夕日』の逸話を通して学んだのは、「共感はむしろディテールから生じる」ということだ。共感は記憶ではなく、感情から湧き出る。つまり、状況のシンクロ率が同じでなくても、全く経験したことのないことでも細かい説明が人びとの内密な記憶を刺激して、同じ種類の感情を導き出すのが共感を得るということだ。

人はそれぞれに感情の引き出しがある。状況についての記憶がぼんやりしていても、そのとき感じた感情はどこかに保存されている。

共感への考え方が変わってからは、自分が経験していないことでも、もう少しいたわれる気がして、勇気が出た。感情の引き出しは冷蔵庫とちがって、開けたり閉じたりするほど豊かになる。心を込めて自分の心の中の引き出しを開ければ、人をいたわれるはずだ。たとえそれが私の経験ではないことだとしても。

기 빨리다

魂を吸い取られる

人の気分と同じくらい
自分の気分も聞いてあげること

2024年現在、MBTIのブームは落ち着きを見せつつあるが、それでも一部の人にとっては性格類型を示すもっとも客観的な指標になりつつある。一方で、私のようにかなり違和感を覚える人たちが増えたのも事実だ（MBTI信奉者たちはこのような違和感をもつ人たちまでもが、特定アルファベットの特性だと主張するが。）

これまでは内向的または内省的な性向は、その反対の性向を持った人たちよりも劣るとされがちで、感性と理性は男女差くらいにみなされるのが常だった。しかし、このブームのおかげで、それぞれの違いとして認識されるようになったのは喜ばしいことだ。

内向的な人たちの主な特徴は、「人に会った後、一人だけの時間が必要だ」ということだ。これが内向的な人と外向的な人を分ける決定的な要因だとしたら、私は完全に内向的だ。私のような内向的な人たちは、「魂を吸い取られる」という表現をよく使う。実際、人がたくさんいる場所に出かけると、エネルギーが奪われてしまうことがしょっちゅうだ。

人の間に流れる特定のエナジーのようなものが、内向的な人に影響を及ぼすかどうかはわからない。けれど私は、「内向的な人」と呼ばれる人たちは「見えるもの」より「目に見えないもの」に敏感なタイプだから「魂が吸い取られる」という感覚を抱くと思うのだ。

たとえば、対話をするとき、言葉には出さないけれども感じ取ることができる相手の気持ち、場の雰囲気から疎外感を抱いている人が気になること、自己中心的な人を見ると居心地が悪くなることなどが「見えないもの」たちだ。これらすべてに共通するのは他人の気持ちだが、内向的な人たちは「内に向かう」という特徴とは違い、外的なものへの敏感度が高いというのは典型的なアイロニーだ。

私はＭＢＴＩを妄信することも、完全に無視することもない。ただ、今の自分をほんの少し説明できる手がかりにはなるし、気に入らなかったり辛かったりすれば、十分に変えられるものだと考えている。人の気分よりも自分の気分を頻繁にチェックすることを習慣化するだけでも、「魂が吸い取られて」無力化する時間を減らせるはずだから。

싫어하다

嫌いだ

私には嫌いな人がいる

ずっとこわくて避けてきた人がいた。長い時間をかけて些細なことが積もった記憶から出てきた感情だから、私が具体的にその人をなぜこれほど怖がっているのかもわからないような状況だった。運悪く私はその人を避けては生きていけない、顔を合わせざるをえない人だった。ときには無視もしたし、ときには和解のこころみも、ときにはよく思われようと卑屈な努力もしてみた。お互いに陰口をたたくことが日常的で、それがお互いの耳に入ることもあった。わざと聞こえるように悪口を言ったこともある。

ただ、確実に言えるのはその人が誰にとっても恐ろしい「絶対悪」のような存在ではなかったことだ。最低限の良心から、悪口の最後には私との関係でだけそういう人なんだという言葉を付け加えた。

だいぶ時間が過ぎたころ、私とその人の間にいる人物が和解のための席を準備してくれた。驚いたことに二十年近い時間が流れたにもかかわらず、私は本能的にすくんでしまった。親友以外のほどほどの関係の人たちとは、近すぎず遠すぎずの距離を取っていて、特別苦手な人もいないタイプだから、その不快な気分がとても不慣れで重かった。大げさな冗談を言いまくってなんともないふりをしたが実際には神経を尖らせていた。

その席の後、とても単純な事実に気がついた。私はその人を恐れていたのではなく「嫌い」だったのだと。驚いたことにそれを認めた瞬間から、全てが楽になった。知り合いに会うたび口にした悪口も消えた。

考えてみれば、私は特別「嫌いな」人がいたことがなかった。合わない人とあえて一緒にいなくてもいい恵まれた環境のおかげ、あるいは他人にそれほど関心がないせいかもしれない。だからなのか、嫌いだという感情を怖さと誤解してしまい、そのまま過ごしてきたのだ。よく考えるとシンプルだった。避けたいという気持ちは怖いからという理由だけで起きる感情ではない。嫌いだから避けたかっただけだ。ただ怖いという気持ちが私をひどく縮み上がらせるのが問題だった。気分の悪い瞬間に、心にもないバカみたいな冗談を言ってしまう自分に後悔するという悪循環に陥ってしまったのは、自分の感情をきちんと把握できていなかったからだ。

私が問題のその人と初めて出会ったのは、自我がまだ不安定な若いころだった。そして、自身もそのころの自分が好きではない。いっとき私は、そんな自分を知っているその人のことが怖いのだと思っていた。相手の側に立って自分の感情を理解しようとしたのだ。それが事実であろうとなかろうと、大切なのは自分の感情が明らかになったことで、気持ちが楽になっていった。これからもその人とは顔を合わすだろうが、以前よりかはその瞬間が苦痛ではない気がする。少なくとも自分の感情の実態がわかったから。

生きていれば、誰かから嫌われたり、誰かを嫌ったりすることは避けられない。すべてを無難に中和させようとする習慣が、その当然の感情に不必要にたくさんの理由をつけていたようだ。相手のフレームに閉じ込められて考える必要はないし、ただ単純にその人が嫌いだと認めることにはなんの問題もない。

もしあなたが昔の私みたいに誰かに対する怖さのせいでストレスをうけているとしたら、すぐさまそのフレームから抜け出せと言いたい。人間関係で起きるすべてのことに、必ずしも精巧な理由があるわけではないと。ただあなたにとって害となる人がいる可能性もあるし、ただその人が嫌いなだけかもしれない。

이해가 안 간다

理解できない

非難をおびた言葉

誰にでも一度くらい、「ほんとあの人って理解できない」とつぶやいた経験があるはずだ。

この感情を例えると、バターナイフだ。何かを深く突き刺すことはできないけれど傷つけることはできて、手にした人の意図によっては「刀」にもなるバターナイフ。これは「いぶかしい」という純粋な意味合いとは全くことなる。しかめっ面をした顔でまたは激昂した声で「理解できない」と言うときは、かなりの頻度で誰かへの非難を含む。もちろん、日常生活の中でこの表現を使う状況におかれることもあるし、言ってはならない悪い言葉というわけでもない。おそらく、この言葉が使われたときは、微妙な意見の違いをそれとなく表現する一種の「マナー」だったのだろう。

はっきりしているのは、この文章の意味がわかり始めてからは、この言葉をよく使う人を警戒するようになったということだ。

そんな彼らの「あいつは理解できない」という言葉は「あいつが悪い」または「あいつは変なやつだ」という意味になるのだ。それに気づいてからは、口癖みたいにこの言葉を使う人がずっと自分の限られた経験値や見解を告白しているように見え始めた。だから、私がこの言葉を言おうとしたとき、一度立ち止まって考えてみる。これは疑問を投げかけるためのクエスチョンマークなのか。あるいは避難のエクスクラメーションマークなのか。そして、私がこの状況を理解できないのは、私自身の視点に問題があるのではないかと思う。こうやって自分の視点を疑ってみると、いつもとは違った視点でものごとを眺めることができる。そしてその過程は確実に世界を広げ、強固なものにしてくれたりする。

慣用的に使われる言葉は、ときにまちがって使われ続ける固まった筋肉みたいだ。慣れすぎてこれ以上痛みが感じることはないが、だんだんと悪化していく状態……。つっけんどんに吐いてしまう表現を疑い、それを少しでも早く修正することで何か新しい発見ができるかもしれない。

속이 보인다

みえみえ

経験値に基づいた大人だけの言葉

こんな悩みを打ち明けてきた人がいる。子どもの通う保育園の先生が、父親にだけひときわ優しくて下心が見え見えだという。母親である自分が行ったときとは明らかに態度がちがうのを、子どもの父親がお迎えに行った日に偶然見てしまったのだそうだ。これが積もり積もって気分がよくないと。決定的だったのは家でぼーっとしている夫に向かって、「先生と一緒に遊ぶ？　そしたらパパも気分いいよね」と子どもが言ったというのだ（これを聞いた瞬間、私も髪の毛が逆立った）

子どもにとって、父親の気分をよくしてくれる先生はただただいい人なのだろう。子どもの母親には下心が見え見えで頭が痛いが、保育園を新しく探すのは簡単ではないため、どうしようもないという話だった。

この状況では、その保育園の先生が本当に男性に対して下心があるのか、それとも子どもの母親が単純に誤解しているだけなのか、はっきりとはわからない。しかし、それはこの話の本質ではない。これは、外からは見えないが自分の経験からわかることを表す言葉だ。子どもがこの言葉を使わないのは、文字どおり目に見えるものだけを認識するからだ。

人の欠点を見つけるのが得意な人がいる。そういう人たちを見ていると、まるで自分の欠点を次々と告白しているかのように感じてしまう。一方で、長所を見つけるのが得意な人は、その人自身の内面に良いものがあふれているはずだ。人間に「客観的」な視覚というものが存在しないのであれば、むしろ自分の良い面を投影して、より良い世の中を見るのも一つの方法だろう。

뒷담화

陰口

否定的な感情にはルールが必要だ

私のラジオのコーナーには、「極める日常」という精神科医のヤン・ジェウンさんが出演する相談コーナーがある。ある陰口についての相談に、ヤン院長はこう言った。

「ある程度の陰口は精神衛生上いいことです。なぜなら、ベンチレーション（ventilation：換気）の役割を果たしてくれるからです。人は誰でも面と向かって言いにくいレベルの不満をもたざるをえません。陰口を言うことにものすごい罪悪感をもつより、むしろすっきり言ってみてください。」

私が長年抱いていた「陰口」への固定観念が覆された瞬間だった！

考えてみると以前、法輪スニム（訳注：僧侶。韓国仏教界で一番影響力のある人物。2002年にアジアのノーベル平和賞とされるマグサイサイ賞を受賞）でさえ陰口はむしろマナーではないか？と言っていたのをYouTubeで見たことがある。私への不満があったとしても、それを面前でぶちまけるのはちがうのではないかという内容だった。境地に達した法輪スニム（僧侶）がそう言うのは分かるが、その言葉には精神医学的な機能があるという新たな視点が含まれていて、それはまるで世の中の新たな一面を発見したような新鮮さがあった。たしかに、裏で誰かへの不満を一度も言わずに生きている人なんてどこにいるのだろうか。

けれど、「さあ、これからは楽しく陰口を言おう！」というスタンスで生活するわけにはいかない。私は日常生活で避けられない否定的な感情には、ある程度のルールがあるべきだと思っている。たとえば喧嘩をするときには避けるべき言葉を設定したり、〇時間以上はぜったいに音信不通になってはいけないといったルールみたいに。

私の場合、陰口を聞くときは十分に共感しつつも、その感情を共有しないというルールがある。実際、その不満は当人の立場から見れば理解できるが、私にとっては個人的に打撃がないことがほとんどだ。だから陰口を思いっきり聞いたあと、私のその人（陰口の主人公）への感情には変化がないと伝える。話した本人もこれに不満はなかった。

けれど、「どうして一緒に嫌いになってくれないのか」と出られると、その人はむしろ私にとって避けるべき存在だ。

また、私との関係がまだ浅いときに陰口を通じて仲良くなろうとする人たちもアウトだ。

陰口を言いながらも、最終的には「でも、その部分だけがその人の全てではない」という会話の流れにすることで、自責の念や本能的なバランス感覚から逃れた経験があるはずだ。陰口という「ギルティプレジャー（guilty pleasure）」を犯したなら、最低限これくらいの理性は努力してでも持ってみるのはどうだろう。

忘れてはならないのは、「不適切なものには全て中毒性があり、中毒性のあるものは習慣になる」という事実だ。

できるだけ距離をおくべきだが、どうしても陰口を言わざるをえない場合は、そこから生じる感情を共有しないこと。そしてその人の全てがその悪口ではないことを意識的に思い出して、そこにピリオドを打つこと。

これが私の定義する陰口のルールだ。

미안하다

ごめんなさい

ぶちまけずに、植えつける

太陽が中天にかかるころにようやく起きるのが日常の私にとって、起きてすぐ携帯を確認するのは辛い。午前中に届くメッセージには、嬉しい便りはほとんどない。私と親しい人が午前中にメッセージを送るはずがないからだ。著作権協会からきた訃報、健康保険料の納付、カード決済のお知らせなどを確認していると、鋭利なメッセージが飛び込んできた。

「どうしてそんなことを言ったのですか?」

内容を全部書くことはできないが、こういった主旨のメッセージだった。どうしようもないほど攻撃的なそのメッセージに、驚きで目がぱちくりした。何度読み返しても、何度考えても納得のいかない内容だった。私は「そんなこと」を言った覚えがない。明らかな誤解だ。確信した私は「誰がそう言ったのですか？　事実じゃなければ、私に謝罪していただけますか？」と返信した。そして、「○○から聞いた。もし事実でなければ謝る」と言う返信が来た。何年も通話したことがなかった「証人」に電話をかけた。電話がつながるのを待つ間も不安だった。私の知る限り、決して作り話をするタイプの人ではなかったからだ。

それはだいぶ前のことだったから、はじめは戸惑った。その瞬間まで、証人の記憶に誤解があることを願っていた。しかし話をしていくうちに、事実が次々と明らかになった。

私は「そんなこと」を言ったのだ。「証人」を非難するために、別の誰かを巻き込んで罵倒するという悪意に満ちた発言をしたのだ。

「私はそんなことは言っていない」と確信していた自分が、とても恥ずかしかった。メッセージを送った人の立場からすれば、時間が流れたとはいえ、何もしていないのに屈辱を味わったのだ。何度も修正を重ねて長い謝罪文を送った。

罪悪感と羞恥心にさいなまれ、私は何時間も静かに座っていた。メッセージを送るまでの間、相手が受けた侮辱と憤怒を、できる限り思い浮かべた。間違いを犯した人は、自分が犯した罪に対する処分を待つことができる。けれど、ひどいことをされた人は、謝罪を受け入れるにしても、その謝罪が消化されるまで待つしかない。謝罪は自分の意志でできる「行為」だが、侮辱と憤怒は理性でコントロールできる感情ではないからだ。

一日ほど経って長い返事を受け取った。その返事の最後には「頭をあげられないほどの謝罪をしてくれてありがとう」という言葉が添えられていた。

私は、自分が過ちを犯した相手が良い人だったことに、卑怯ながらも安堵してしまった。だから再び胸が痛むほど申し訳なさを感じた。

私はこのことを忘れないと誓い、「ごめんなさい」という内容のメッセージだけでは表現できなかった罪悪感を償っていくことにした。すっきりした気持ちとすがすがしい気分がとめどなく押し寄せてきても、押し返そうと誓った。謝罪を受け入れてくれたことへの感謝は、この先少しでももっとましな人間になることで返していこうと思う。その人は、その気持ちを理解してくれる人だから。

「ごめんなさい」という言葉は、言葉尻が長いほど価値があると思う。

この言葉は、ただ口に出すだけではなく、心に刻むべきものだと教えてくれたその人に、再び頭を下げながら。

비난

非難

思いやりがある人は口数が少ない

悪意のあるコメントは、まるでPM2・5みたいだ。ものすごく有害で、常に存在しているけれど、だからといってなすすべのないもの。

メディアに出る前の私には、その理解ができなかった。悪質なコメントは、誰が見ても不快なものなのに、どうしてそんなものに影響される人がいるのかと思っていた。

私と同じ考えの人も多いのではないか。有名な芸能人ほどではないが、自分の言動が少しでも公になると、悪質コメントは潜在的な脅威となり、即座に打撃を与えるものではないことがわかった。それは鼻で笑ってスルーすべき言葉であり、ときにはそれを面白がることさえある。しかし問題は、自分が小さく感じる夜に訪れるのだ。

誰しもみな、自己嫌悪に陥る夜がくる。自分の愚かで足りない部分が大きく見え、メンタル免疫力が底をつく夜。そのとき悪質コメントは、全身に広がるじんましんのように現れる。「もしかしたら、そのとおりかもしれない」から始まる自己疑念は、ものすごいスピードで自己嫌悪へと転じる。

自尊感情が低くなる孤独な時間は誰にでも訪れ、その特異な時間帯に、悪質コメントは論理的な力を持つようになる。担当検事が絶えず突きつける証拠みたいに、いつ見たのかさえ覚えていない言葉が私を切りつけてくる。これは誰かから一方的に受ける非難と似ている。

非難されるとはじめは憤慨し防御するが、弱気になった日には、とめどなく自分に向けて誹謗中傷の矢が飛んでくる。

時が過ぎ悪質コメントの内容は忘れてしまっても、辛かった記憶だけは残る。自分が蹴った床の冷たさは、鮮明に思い出される。

だから、「表現の自由」という言葉で悪質なコメントを正当化することはできない。人がいちばん弱くなった瞬間、誰にも助けを求められない状態で、その言葉は息の根を止めてくるのだから。

私は「アクプルロ（悪質なコメントをする人たち）」に該当する人たちは、それほど多くないと思っている。それは、一見すると「アクプルロ」と呼ばれる特定集団が存在することよりももっと恐ろしい。

私の推論はこうだ。悪質コメントだけを投稿する特定の人たちもいるだろうけれど、普段はそんなことをしない人でも悪質コメントを投稿したくなる瞬間があるはずだ。こんな想像をしてみると、世の中は依然として恐ろしいが、理解することはできる。

人間には多様な側面があるし、この世界を生きていくのはものすごくタフなことだから。

少し残念に感じてしまうのは、思いやりのある人ほど言葉数が少ないということだ。話すより聞くことに慣れている人、誰かに対する気持ちを表現するよりも、受け入れることに慣れている人たち。これが思いやりのある人たちだ。どこかで、自分の気持ちを文字にすることには慣れていない人たちだ。

もし、悪質コメントに傷ついている人たちを見て心が痛んだことがあるのなら、彼らを守るために声を上げてほしい。その一言が、大切な人を守れるかもしれないという希望を持って。

지질하다

つまらない

つまらないからってそれがどうした

「つまらない愛の告白だってわかっているけど」

デイブレイクの『Silly』という曲の歌詞の一部だ。「つまらない」という表現は意外なことに多くの歌詞に使われ、作詞家のユン・ジョンシンは、自らを「つまらない歌詞の大家」だと称する。この表現は「取るに足りなくてパッとしない」という意味を持ち、その類義語は「空っぽに見える」になるだろう。線が太い人たちの意気揚々とした傾向よりかは、パッと見、確実にかっこよくない姿ではある。「つまらない」という言葉のポイントは、執着するという点だから。

線が太い人たちとは対照的に、「おつりはいらないです」と何気なく言ったり、別れの後にクールに振り返って手を振ったりする人がいる。

ここでの「おつり」のようなものは、あえてそんなことをしなくても、他人に支障を来さない何かだ。お金じゃなくてもそれに似たものを几帳面に準備する人というのは、空いた席を二度見するような人だ。つまらなくなることを恐れず、省略されてもかまわない一言をかける、温もりのある人だ。誰も気づかない私の些細な傷を気にかけてくれる人だ。

豪快な人たちが逃した小さな世界を見渡したとき、そこが美しく感じるのは、もしかすると、こういう「つまらない」人たちのおかげによるのかもしれない。

상처

傷

互いの痛みを見ることができれば

皮膚科で受けた施術に「ウルセラ」という高価なレーザー治療がある。この施術の原理は少し荒っぽい。それは、真皮層の下の奥深いところに伝達される熱で内傷を負わせる技術なのだ。皮膚にできた傷のかさぶたが消えて、まわりの皮膚がひっぱられる様子を見たことがあれば、理解しやすいだろう。肌が癒える過程で収縮が起き、適度な収縮によってリフティングされる現象がこの技術の核心だ（皮膚科治療の宣伝ではないけれど……）。

軽くひっかかれた傷でも、顕微鏡で見るとこんな現象が観察できるはずだ。つまり傷ができた部分は収縮する。考えてみると、心にできた傷も同じような気がする。いろんなところに収縮した部分がある人は、まるで超能力者みたいに互いを見つけ出す。傷が一つもない人よりも、傷のある人のほうがずっと多いから、私たちは自分の経験をもとに相手と向き合うのだ。

配慮というのは、血の匂いを嗅ぐような感覚に似ているかもしれない。心のあちこちに収縮した痕が多い人は、同じような人に会うと声を出さずに内心で喜ぶ。

人見知りする彼らが互いに一歩近づく静かな瞬間がある。たとえば、騒々しい会食や合宿のような場所に馴染めない彼らが互いを見つけ静かに寄り添い座っている風景、あるいは発表で失敗して赤面した同僚に軽い冗談を言って元気づけること。

それは時間を計測することすらできない一瞬のできごとだけれど、その中では二つの大きな宇宙が出会う。そしてこの美しい衝突は、収縮したことの何倍もの力で互いを成長させてくれるのだ。

포장하다

包む

贈る人の気持ちがつまったなにか

贈りものは包むという行為(ポジャン)によって完成する。どうせゴミになるのだから……と受け取る人の立場からすると面倒に思うときもあるが、贈りものが贈りものである理由は、この包む行為(ポジャン)にあるのかもしれない。品物のアイデンティティはその用途にある。しかしラッピング(ポジャン)されて初めて品物は単なるものから贈る人の気持ちが込められた「何か」として誕生する。

包むことは、利便性とはかけ離れている。そのため、それが発明家のアイディアから誕生したのではなさそうだ。むしろ無用に近い。けれど、それは時間をかけて気配りした気持ちを表現する手段だ。つまり、包装(ポジャン)という行為をいちばんはじめに考案した人が誰であるかはわからなくても、その人は間違いなく、温かい心を持ち、それを伝える相手がいた人だったのだろう。

こんなロマンチックな推論にもかかわらず、ポジャンという言葉は否定的な意味で使われることが多い。虚飾、偽り、見栄などを指摘する際に、ポジャンという言葉を使うことがある。「善意に包まれた（ポジャンされた）悪意」という慣用句を見てみよう。「善意」という言葉が主に善良なキャラクターを象徴する俳優を表すとするなら、ポジャンは悪役専門の俳優を表すと言えるだろう。

にもかかわらず、ポジャンを最初に考案した人の温かい気持ちは変わらず、この行為には依然としてその気持ちが込められている。

たとえば誰かへのアドバイスがそうだ。「善意」の言葉だから少々耳障りでも受け入れなければいけない。良薬口に苦しと言うけれど、それはいかにもアドバイスする側の視点からの話だ。本当の「善意」があるとすれば、自身の意図を様々な表現を駆使して誠実に「ポジャン」して、それを伝える他ならないからだ。

贈り物を贈る人が受け取る人をじっくりと見守る時間が、贈りものを受け取る人の満足度を左右するように、アドバイスもそれと同じだ。聞く人の性格と悩ましげなところを考えて、いちばんきれいな言葉として表現されるのが「アドバイス」であって、ただ吐き出すだけの言葉はアドバイスではない。体に良いとされる苦い薬をカプセルで飲むのと同じように、言葉にもそれくらいの真心を込めなければいけないはずだ。世の中がもので成り立っているとすれば、いちばん無用でありながら人間によって成立しているからこそいちばん必要なもの。それが「包装（ポジャン）」が持つ哲学ではないか。

염치가 있다

廉恥心

私がぜったいに守りたいもの

老若男女を問わず、私が好きなタイプの人たちのいちばん大きな共通点は「廉恥心《れんちしん》」の有無だ。廉恥心とは、恥ずかしさを知る心のことを指す。年を重ねるなかで私がいちばん守りたいものがあるとすれば、それはこの「廉恥心」だ。

「おじさん」や「おばさん」という言葉が卑下的なニュアンスで使われるのは、たいていの場合、廉恥心と関係がある。大通りで奥歯まで見せて爪楊枝を使う姿、地下鉄で足を広げて座る格好、空いた席をめがけ人を押しのけて突進する姿など、これらは全て本人の都合が優先された、恥ずかしさのない態度だ。

年齢に関わらずこのような態度の人たちに対する答えはないとしても、年齢と深く関連した理由を探ると、やるせない気持ちになる。人生に疲れ、体裁を保つことが贅沢に感じられる瞬間が積み重なって形成される態度のはずだ。だから恥じらいを持つ大人になるのは難しい。だからこそ、私たちはそれを望むのだ。時が流れても廉恥心のある人間でありたいと。

재벌, 갑질, 애교

財閥、カプチル、愛嬌

私たちだけが慣れ親しんだ単語

アメリカに留学していた高校生時代、経済学の授業を受けていると「Chaebol（財閥）」という韓国の単語が教科書に登場した。先生が財閥について説明し、不思議そうな顔で授業を受けている学生たちの中、私だけが一人見えないお化けになったような気分になった。「財閥」という概念がこれほどまでに馴染みがないなんて！「個人が築き上げた富が企業化されて、それを家族が継ぐ形態ってふつうじゃなかったんだ」と思った瞬間だった。いまだに「汗水たらしてつくった会社を子どもに継がせることの何がいけないんだ！」と堂々と財閥を擁護する人がたくさんいるのを見ると、このときの授業が思い出される。

大韓航空のナッツ姫事件のときも同じだった。海外の新聞はこの事件を「Gapjil（カプチル）＝パワハラ」と報じ、記事の大部分でカプチルとは何かを丁寧に説明していた。「カプチル」は、韓国でも比較的新しい言葉だが、この言葉が誕生したこと自体が、もしかすると希望のあることかもしれない。

雇用者と被雇用者の間で交わされる報酬は、被雇用者の能力に対する価値の支払いだけだ。お金をもらって「ありがとう」を言うのは、お小遣いをもらったときくらいだろう。今では「常識」となっているが、実際には「カプチル」という言葉が生まれる前は、「世の中はそういうものだ」と被害者が諦めて折れるしかなかった形態が、まさに「カプチル」だ。カプチルは、準財閥級以上の世界でだけ繰り広げられる悪行ではない。

食堂で、タクシーの中で、コンビニで、「支払う者」が存在するありとあらゆる場所にカプチルは存在する。私自身も、事実からは逃れられないだろう。他人の視線があるから表に出さないだけ。特に高額を支払う場所で気に入らない状況が生じると、体の中から怒りが湧き上がってくるのが感じられる。

そんなとき、「カプチル」という言葉が思い出され、自分の浅はかさに恥ずかしくなることもある。

韓国固有の表現はまだある。「愛嬌」がその一つだ。海外の友人に「あの人の魅力は愛嬌」だと言ったことがある。「愛嬌」という概念を理解してもらうために、これほど説明が必要になるとは思いもしなかった。その友だちは自分の理解が正しいかを確かめるのに、「babyish」「childish」という単語を引き合いに出した。

それは正しい解釈でもあるけれど、これが魅力（attractiveness）とつながるところで誤解が生じた。大人に対して「babyish」「childish」という表現を使うとき、そのほとんどは陰口として使われる。それほど非難のニュアンスが込められているということだ。もどかしい気持ちで辞書を開いて「愛嬌」を英語で検索してみると、それを正確に表現する単語はなかった。「attractiveness」という言葉は出てくるが、これは「愛嬌」とは全く異なる意味を持つ。この事実が抱える問題点の多くを、私は知らなかったようだ。この半ば諦めのような事件の解釈を見て、chaebol（財閥）のように一言一句説明しないほうがかえっていいと思った。

海外の全てが正解というわけではないけれど、財閥、カプチル、愛嬌、この三つの単語だけは海外の人に説明しようとするとき、私の顔が熱くなるのは事実だ。よく考えてみると、洋画で「愛嬌」たっぷりのキャラクターが登場する場合、そのほとんどが風刺的な描写になっている。少なくとも最近では、「もう一度愛嬌を見せてください」という言葉がテレビで芸能人に向けて使われることはないから、それは何らかの進歩と捉えるべきかもしれない。

소중하다

大切だ

私たちは毎日別れに近づいているところ

소중하다《ソヂュンハダ》（きわめて大切だの意）の「소（所）」は「〜するところ」「〜すること」などの依存名詞の役割を果たし、「중（重）」は文字どおり重さを意味する。重いものを手で支えて持とうとすると、自然と両手を使うし、その重さのために全力でこれをつかみ守ることになるはずだから、大切なものを持つ人の姿が鮮やかに思い浮かぶ。

「貴重品」という単語の「貴重」という言葉との違いは、大切に思うものを自分で選べるところにあるだろう。貴重は希（貴）少性があって重たいもの、つまり誰が見ても価値があると認識されるものを指す言葉だけれど、소중하다は、それとは全く違う。ある秋に拾ってきれいに乾かした銀杏の葉や、捨てるタイミングを過ぎてしまったもらいものの服は、貴

重ではなくても大切なものだからだ。

作詞家と放送人の中間にアイデンティティがある私には、個人マネージャーがいる。放送人としては会社に属しているが、作詞家としてのスケジュール管理にもサポートが必要なため、会社のマネージャーとは仕事をしない。会社のマネージャーに個人の日程まで管理してもらうのは、会社の立場からは損害が大きいからだ。それはさておき、少し前に仕事のパートナーとしても大切だった友人が去っていった。

仕事ができる人はなんとかして探せるが、心まで通い合える人となると難しい。でも、その友人はまさにそのような存在だった。人間対人間としても、とてもいい関係だった。その友人はもっと大きなところで能力を発揮できる人だから、望むところに旅立つのは当然のことだ。それでも、私の立場からは大切な人を一人失ったという感覚は否めない。

大切なものはその文字が意味するように目いっぱい守るべきなのに、私たちはときどき言葉でだけそれを大切だと称したまま放置する。だからなのか、歌詞の中では「소중하다」は過去形で使われることが多い。

「後悔先に立たず」のようだが、この世の全ての大切なものは、限りがあるから大切なのだ。花を見て感じる幸せな気持ちは、花がすぐに枯れてしまうことを知っているからこそ生まれるし、青春を礼賛する理由も、それが矢のように早く過ぎ去ってしまうことを知っているからだ。

人間は忘却と適応の動物だから、この有限性を忘れてしまう。私たちはみな、いつか旅立つのだから、一日一日が大切だ。

こうやって毎日別れに一歩ずつ近づいているのだから。

#辛い別れに今も苦しんでいるのなら

아픈 이별로 여전히 힘들어하고 있다면

From the radio

別れというものは例外なく、胸が痛んで辛くて悲しいものだろうか。

私はそうは思いません。その次へ向かうためのすがすがしい歩みとなる可能性もあるんです。それはまるでトルネードみたいなものです。その中にいるときは、ここから抜け出すのがとても怖くて無理そうだし、自分にとってこの人が最後だと思うけれど、いざそのトルネードから抜け出すと、また次のトルネードが待ち構えているものなんです。

Plus Comment

別れに苦しむときによく口にする言葉は、「時間が解決するだろう」だ。それが人を慰めるには不十分な言葉であることはよくわかっていても、それを言うのはそれが唯一の真実だからだ。記憶

が持つ悲しみと偉大さという特性は、時間には勝てない。どうしたって時間の流れには抗えず、忘れ去られる。

ユン・サンの『그게《クゲ》 난《ナン》 슬프다《スルプダ》 それが私は悲しい』という歌で、作詞家のパク・チャンハクは「別れそのものよりも悲しいのは、別れの痕でさえ散り始める瞬間だ」と言う。あらゆる種類の痛みは、人間の狡猾さを確認させてくれる。死ぬほど辛いときは、この痛みさえ克服すれば何でもできるように思えるが、その痛みが消え去るときには、痛かったことすら覚えていない。痛みは一瞬で魔法みたいに消え去るものではなく、霧が晴れるみたいに徐々に消えていくからだ。もちろん、胸がひりひりと痛むような別れも確かに存在する。それはおそらく、その愛がとても特別だったことの反証だ。

数年経ったとしても、辛い別れに苦しんでいるなら、それは傷ではなくむしろ輝く星だ。時間と重力から解放され、私たちがいつも見上げるところにある星。

けれど私たちは、ほとんどのことを忘れていくだろう。だからこそ悲しく、だからこそ生きていくのだ。

Part 2

こころのことば

感情を抑えず
自然にそばに置くこと

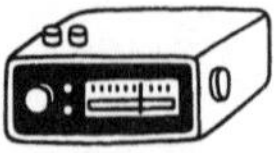

From the radio

私は寂しさより孤独のほうが重い気がします。寂しさは我慢できないときがあるけど、孤独は受け入れることができるし、私の心に深く響くチャンスを与えてくれる感情だと思います。いずれにせよ、私たちは孤独や寂しさを感じる動物じゃないですか。人間だから、それをなくしたり無視するのではなく、ちゃんと鎮めながらこれらの感情とどう向き合っていくのか悩まなければいけないですよね。

부끄럽다

恥ずかしい

ずっと魅力的な人たちの共通点

「恥ずかしい」という言葉は、どのような状況で使われるだろうか。意外な状況にときめきを感じるときや、べた褒めされてどうしていいかわからないときみたいに「はにかみ」にあたる場合もあるだろうし、秘密や嘘がばれたときのように、「羞恥心」に近い感情を表す場合もあるだろう。これらは一見すると異なる状況だが、どちらも何かが内から湧き出てくると言う共通の感覚がある。はにかむような恥ずかしさが、どうしようもなく笑みがこぼれるものだとすれば、羞恥心に近い恥ずかしさは、お弁当箱からおかずがこぼれ落ちるような状況みたいなものだろうか。

もしかすると「恥ずかしい」という言葉は、私たちの心の中でもいちばん素肌に接しているものかもしれない。幕が下ろされるべきどこかが刺激されたり、その幕がパッと晴れたりするときの気分を描写する言葉だから。

そう考えると、私は年を重ねても人としてずっと魅力的な男女の共通点として、「恥じらいを失っていない点」を挙げることが多い。

過ちが明らかになっても図々しく振る舞う人を指摘するときも「恥じらいのない人」と言わないだろうか。恥じらいは、その言葉がうろたえる状況でよく使われるため、落ち着いて向き合うことがないだけで、私たちが守るべきとても大切な感情を表す言葉なのだ。

好意を持たれると注意深くなる気持ち、良心が傷つく気持ち。それぞれの気持ちは質感と温度は違うけれど、どちらもしなやかな素肌が残っている人だけが持てるという点でとても貴重だ。

次に「恥じらい」に出会ったときは、すぐには放り出さずに、ほんの少しでも眺めてから見送ってやりたい。

찬란하다

まばゆい

それぞれの記憶を引き出す言葉

歌詞を書くときによく使う表現、「まばゆい」。

「きらめく」「光る」という言葉は視覚的な記憶を呼びおこし、「まばゆい」という表現はガラスの破片がぶつかって鳴る音のような、共感覚的なものに近い。熱く照りつける太陽よりも、その光が波に反射して輝く様子が「まばゆい」のイメージに合う気がする。「きらめく」がふつうの写真だとすると、「まばゆい」は1秒の動きを含めて保存するライブフォトのような感覚だ。

私はときどき、世の中の形容詞が持つ驚くべき表現力に感嘆するのだが、これはほとん

ど発音からくるものだ。「きらめく반《パン》-짝《チャッ》」というとき、ㄴ（N）パッチム（訳注：ハングルを構成する最後の子音字、終声。土台の意）を柔らかく助走させ「짝《チャッ》」と言い捨てる発音は、何かに光が届いてはじき出す様子そのものみたいだし、まばゆい（찬란하다《チャルラナダ》）という言葉の実際の発音である「찰《チャル》-란《ラン》」は「찰《チャル》」のパッチムㄹ（l）と「란《ラン》」の子音字ㄹ（l）が波動の稜線みたいにつながる感覚があり、先述したように陽光が届いた波の様子みたいだ。しかも「차《チャ》」から始まる語頭の音節は、広がっていく光が舌から具現される錯覚を覚えないだろうか。

「まぶしい（눈부시다《ヌンプシダ》）」というまた別の似た表現もあるが、これは目がまぶしい主体を前提にしている。「まぶしい（눈부시다）」を声に出すだけでも、太陽を眺めるときにずきずき痛む感覚が思い浮かぶのは私だけじゃないはずだ。だが「まばゆい（찬란하다）」は、言葉どおりまばゆいだけだ。そこにはただ風景だけが存在する。そしてその風景は、それぞれが持つ特別な状況を含んでいる。ただ目がまぶしかったり、スパンコールみたいにきらめいたりする記憶だけでなく、その当時抱えていた手に負えない感情も含まれているはずだ。

「まばゆい（찬란하다）」という表現を偏愛しすぎている気がして、ハッと我に返った。こ

れに類似した「きらめく（반짝이다《パンチャギダ》）」と「まぶしい（눈부시다）」ももちろん、独自の魅力がある。

ただ、「まばゆい（찬란하다）」という表現は他の類義語と比べ、人からそれぞれの記憶を引き出すという点で特に魅力的だ。それぞれの模様のかすかな幸せを集めてくれる言葉。これほど魅力的であれば、作詞家としての偏愛に値するのではないだろうか。

지치다

疲れる

自分自身をそのまま認めてあげること

世界はかつて、応援の言葉であふれていた。

「きっとできる」「頑張れ」「すぐまた日は昇るからもう少し耐えて」……などなど。最善を尽くせば結果が出る時代もあった。少なくとも、私が幼かったころはそうだったと思う。エナジードリンクのように力を与えてくれる応援の言葉が至るところに散らばっていて、それを見ると力が湧いた。

歌詞、広告、本のタイトルまでもが、「あの遠くに輝かしい未来が待っているから、歯を食いしばって走れ」と激励する。

だが、いつからか世界のメッセージは「今でも十分」「存在するだけで価値がある」「些細な幸せはあらゆるところにある」……などといったものに変わった。最近の「売れる言葉」はこういったタイプだ。メディアにあふれ出した言葉のほとんどは、今を生きる者たちの「渇きの指標」だ。これは、最善を尽くした多くの者たちが限界に達し、息つくときを表しているのかもしれない。

「疲れる」という言葉には、その人だけの孤独で長い時間が散らばっている。それがあまりにも簡単で早い疲れでなければ、疲れを感じたときこそ、まさに自分を認め、甘やかしてもいいときだ。

言葉には力があり、この「疲れる」という言葉の力は特に強い。「疲れた」という言葉を吐いた瞬間、メンタルを維持していた全ての筋肉の力が抜ける気がするからだ。この言葉を吐いて座り込んだり、涙を爆発させたりすることが多いのもそのせいだろう。

だからなのか、この言葉はふつうであれば口にするのが恐ろしい。声に出した瞬間、何もかもが崩れ落ちる気がするからだ。それでも、疲れたと言うことをためらわないでほしい。「疲れる」という言葉で、ホイッスルを吹いて座り込んで休んでも構わないのだ。

私たちは、どうせまた追われるように立ち上がって走り出すのだから。

슬프다, 서럽다, 서글프다

悲しい。
辛い。
うら悲しい

辛くて、苦しくて、寂しい

辛くて、苦しくて、寂しい言葉。辛さとうら悲しさは、私にとって悲しみの下位にある感情だ。

悲しみが家だとすると、辛さとうら悲しさはその中にある小さな部屋みたいなもの。悲しいという言葉に込められた感情の幅は大きい。

映像で例えると広いフレームに収められた場面だ。「語感」は固有のものであるというより、その単語を使うなかで得られた記憶が積もり積もって作られる。もちろん、単語が「語感」つまりその単語によって思い浮かぶ感情に似ているというのは、親が子どもにそっくりだという表現みたいにぎこちない。それでも、はじめに感情を単語で定義する過程にはきっと創意的な介入があるのではないかと思う。

「悲しい（슬프다《スルプダ》）」という言葉がまさにそれだ。露がぽとぽと落ちる音が言葉に変身して「悲しい（슬프다）」になっているのではないかと思うほど、私はこの言葉の発音の特性が、感情をとてつもなく上手に描いたと思っている。これがこの言葉を作った人の意図とまったく違うとしても、こうやって単語と向き合うのはいつも楽しい。口の唾が乾くと上手に発音できない言葉があるが、「悲しい（슬프다）」がまさにそれだ。乾いた前歯の隙間に漏れ出る「슬スル」と、しっとりした前歯の隙間から漏れ出る「슬スル」の質感を思い浮かべると理解しやすいだろう。「픔《プム》」の場合もまた、乾いた唇からはじけ出る子音「ㅍ（ㅂの激音）」とは違い、濡れた唇から出る「ㅍ」はポンとはじけるシャボン玉みたいではないか。水気がないと語感のよさが半減してしまう「悲しみ（슬픔《スルプム》）」の発音は、この感情が涙に由来しているという誕生秘話とも似ている。

「辛い・悲痛だ・悲しい（서럽다《ソロプタ》）」という言葉は、悲しい（슬프다）という言葉が持つ辛い気持ちをより具体化している。子どもが泣いている様子を描写するとき「슬피《スルピ》 운다《ウンダ》」より「서럽게《ソロプケ》 운다《ウンダ》」という言葉がよりしっくりくるのを見れば、その違いがはっきりする。辛

さ（서러움《ソロウム》）は悲しみがさらに剝げた裸の言葉みたいで、よりヒリヒリする。誰かの悲しみの前でその理由について考えたい気持ちがあるとすれば、辛さはいったん暖かい家に立ち寄ってご飯を一口食べたいという気持ちが入っている。だから私は、もう少し具体化できない痛さを表現したいとき、悲しみの代わりに辛さ（서러움）を使う。感情を説明なしで伝えるのに、より的確だと感じるためだ。大人になると涙を我慢できるようになる。

にもかかわらず涙があふれ出る時、鼻水までずるずると流れてきて息が詰まる夜を、私は辛い夜（서러운《ソロウン》 밤《パム》）と呼ぶしかない。

「うら悲しさ（서글픔《ソグルプム》）」は悲しみと辛さに比べ、なぜか視覚を刺激する効果を持っている気がする。「悲しい星（슬픈《スルプン》 별《ピョル》）」は星が人格化されたように感じられるが、「うら悲しい星（서글픈《ソグルプン》 별《ピョル》）」には、ぽつんと寂しく浮かんでいる星を見た私の感情が表現されている。また辛さ（서러움）が子どもの感情を帯びているとすれば、「うら悲しさ（서글픔《ソグルプム》）」はもう少し成熟した人にぴったりの言葉だ。

中学生のころ、家に帰る祖父の後ろ姿を見た場面がなぜか忘れられないのだが、その場面はタイトルがまさに私にとって「うら悲しさ（서글픔）」だ。うら悲しい人は、悲しい人

や辛い誰かとちがって当の本人は悲しくない可能性もある。うら悲しさ（서글픔）には、何とも言えないその風景から感じられる切ない痛みがつまっている。つまり私の感情が介入した言葉なのだ。だから誰かをうら悲しく見るという表現には、それ以前のヒストリーがつまっている。その人を大切に思う気持ちがなければ感じられない感情だから。

#気持ちを放置しないでほしいという独り言

마음을 방치하지 말아달라는 혼잣말

From the radio

私が最近泣いたのは、夜食にカルビを食べていたときでした。お箸でつかもうとしていると、カルビが床に飛んで行ったんです。

その瞬間、腹が立って、何だかわからないけれど、これまで積もり積もったものがバーンとはじけて涙が流れました。人が見たら本当に笑ってしまうような瞬間が、私が最近流した涙です。

でも、人間って奥深く設計されていますよね。涙がストレス解消の役割を果たしているからでしょうか。だから私もときどき「本当の大人になるというのは涙を我慢するのではなく、流すべきときに流せることだ」って言うんです。それがある意味、自然なストレス管理になるからです。

Plus Comment

咳が出たり鼻水が出たりするのは、体がウイルスと戦ってそれを吐き出す現象だ。誰もいない場所できれいに出し切るのは、マナー以前に最低限の行動要件だからだ。

体から何かが「出る」現象には共通点がある。出るべきものが出てくるとき、鼻水であれ涙であれ何であれ、それは流れる。

いつのころからか、悲しみが人に隠されるべき感情になった。だが、ところかまわず涙を流すことは、自分の「弱さ」を周囲に知らせる行動であり、これを防ぐのは自然な防御機制だったのかもしれない。しかし、ずっと涙を我慢するのは、激しい運動をしてかいた汗が流れないよう全身をラップで包むのと同じだ。

毒素がしみついた皮膚にじんましんが出るように、涙を我慢するのは、しんどいと叫ぶ自分の心をきつくしめつけるのと変わらない。

じんましんだけならまだしも、問題は、辛さをどう解消すべきかその方法さえわからない大人になることだ。

行為は精神を支配するから、涙を我慢するのが習慣になると「私は今しんどいんじゃない」と自分を騙せるようにもなる。心はそうやって放置され、ある日突然壊れてしまうと、「なんでこうなったのかわからない」と苦痛を訴えることなどいくらでもある。

こういった場合、自分に厳しすぎたことが原因である可能性が高い。

自分をよく観察し、大切にすることは、精神的な側面だけでなく、身体的な側面でも重要だ。

涙があふれる目頭も、私の体が私に何かを伝えようとしている独り言だし、嗚咽があふれ出るのは、自分が自分に助けを求める叫びだ。

カルビ一つで嗚咽したあの日、何も聞かずにただ慰めてくれた夫に感謝の気持ちを込めて。

묻다, 품다

うずめる。抱く

「仕方なく」下す決定

「うずめる」と「抱く」は、どちらも沈黙の言葉であり、胸の内で起こることだ。種をうずめる卵を抱くという動詞としての意味は、ほんの少し似ているように思えるが情緒的にはかなり違う役割を果たしている。

「胸にうずめる」「胸に抱く」。どちらも心の風景だが、うずめるのは痛みを、抱くのは恋情を表現することが多い。たとえば、「うずめる」は、困難にもかかわらず生きていこうという姿を、「抱く」は何かが自分の生命の一部となり生きていく姿が思い浮かぶ。「うずめる」には生命力がしぼむことを願うことができ、「抱く」にはすくすく育つのを願うことができる。「秘密をうずめて」いくのは、その秘密が消え去ることでハッピーエンドを迎える一方、「秘密を抱いて」いくのは、どんな結果であれ最後までいくという宣言だ。

はっきりしているのは、どちらも「仕方なく」下す決定だということだ。私たちは胸に、忘れるべきだけど忘れられないものをうずめ、育てたいけれど今は育てられないものを抱いている。

二つの感情が衝突する際に、美しく相反する感情の歌詞が生まれることもある。

結局どちらも大切な気持ちから始まるうら悲しい二つの分かれ道……。

위로, 아래로

上へ、下へ

感情はどこからくるのか

感情が誕生する瞬間を想像してみると、言葉の意味が身にしみて感じられることが多い。それぞれの経験によって異なるかもしれないが、私にとって上へ下へと生まれる感情にはどんなものがあるだろうか。

一例として「怒り」と「勇気」は下から上へと動く。実際「怒りがこみ上げる」「勇気が湧き出る」と言うではないか。この二つの感情は、小さなものが積もり積もって一瞬で「ポン」とはじけるという共通点がある。

まず怒りについて詳しく見てみよう。「怒り」は、単なるいらだちやすねたりとは異なる次元の感情だ。私たちが「憤怒した」と表現するのは、我慢の限界を超えて行動を起こしたり、決断を下したときだ。すねることやいらだちが湯気のようにシューシューと沸き立つとすれば、怒りは沸騰してあふれるお湯であり、単純な一つのできごとだけで引き起こされるものではなく、過去の経験が積み重なった結果生じる感情だ。小さないらだちが積み重なったり、自分だけの歴史で作られた信念が刺激されたりするとき、私たちは憤怒する。

水が逆流するのは、見えないところで水が満タンになっているのと同じように、自分の理性が我慢の限界を超えたとき、怒りは爆発する。

だからといって否定的な感情だけがこういった特性を持つわけではない。勇気も怒りのように「湧き上がる」感情だ。怒りはたいてい外部の刺激に反応して生じるが、勇気は自分の中に蓄積された決心が集まって生まれる。

どちらの感情も、貯金のように積み重ねられて生まれるが、勇気は自分自身がつかんで引き出すもので、「私」が主体となる点で決定的に異なる。

怒りは私たちが「つかまれる」感情なので、簡単にコントロールできるものではない。二つの感情は目的地もまた違うのだ。どちらも赤兎馬に乗って駆け出すイメージがあるが、怒りが飛び出しても結局は元の場所に戻ることが多いのに対し、勇気は新たな場所へと私たちを導いてくれる。

面白いのは、勇気は怒りから生まれるものもあるということだ。つまりどのような感情が積み重なって爆発するかによって、その感情の良し悪しが決められるのかもしれない。

一方、愛や幸せは雨のように降ってくる感情だ。自分の意志ではなく、誰かが突然カーテンをひらいた陽光みたいに降り注がれる。計画を立てて準備できないという点も似ている。

だとすると、「降ってくる」感情が全部良いものかといえばそうでもない。悲しみも雨の特性と似ているからだ。愛、幸福、悲しみ……どれも「潤す」感情だ。ときには暴雨みたいに私たちを動けなくさせ、ときには小雨のように気がつくとゆっくりと濡らしもする。避けようとしても避けられず、つかもうとしてもつかめない不確実性を持っている。

下から上へとのぼる感情は、それがはじけようが開かれようが私がそのつまみを持っているのに比べ、上から下へ降りる感情は、どこかで開けられたつまみのせいだから、自分のものではないという違いがある。そして、これらの感情はどんな形で生まれたとしても、結局は有機的に噛み噛まれつだ。「勇気」によって得られる愛があり、それによって「幸せ」を感じ、大切な人を守るために「憤怒」することもあるではないか。

소란스럽다

騒々しい

まわりと比べられるその人だけの感情

私たちはどんなときに、「うるさい（시끄럽다《シックロプタ》）」ではなく「騒々しい（소란스럽다《ソランスロプタ》）」という表現を使うだろうか。同じ状況を別の言葉で表現してみよう。

「犬がうるさく（시끄럽게《シックロプケ》）吠える。」

「犬が騒々しく（소란스럽게《ソランスロプケ》）吠える。」

私は「うるさく吠える犬」には静かにしてくれたらいいのにという気分になり、「騒々しく吠える犬」にはあの犬に何かあったのかなと気になるのだが、あなたはどんな違いを感じるだろうか？

私の場合、歌詞では「騒々しい（소란스럽다《ソランスロプタ》）」を頻繁に使い、「うるさい（시끄럽다《シックロプタ》）」はどちらかというと使う頻度が少ない。もちろんその大きな理由は語感の違いだろう。「騒々しい（소란스럽다）」が口の中で滑らかに転がる発音だとすると、「うるさい（시끄럽다）」は濃音（訳注：息をほとんど出さずに発音する音のこと）が混ざっているせいで攻撃性が感じられる。しかし、これは単なる語感の違いだけではなさそうだ。

「騒々しい（소란스럽다）」にはその風景を思い浮かべさせる力がある。「うるささ（시끄러움《シックロウム》）」はその騒動の主体が一か所に集中しているのに対し、「騒々しさ（소란스러움《ソランスロウム》）」は複数の場所から発生する。そのまわりにそれと比べることができる、もの静かでより大きな群れがあることで、騒々しいという表現が成立する。たとえば騒々しい宴会が開かれるとすれば、その宴会が例外であるような静かな町がもともと存在しなければいけない。また騒々しさを受け入れる「もの静かな群れ」の感情は、おそらくいらだちよりいぶかしさに近いはずだ。

　私が歌詞でこの表現を使うときは、たいてい後悔の念を込めているような気がする。人目を気にせず喜んだ姿や自分だけが辛かった別れを、「騒々しい（소란스럽다）」と表現してきた。それには恥ずかしさと一緒にやって来る後悔がある。「騒々しさ（소란스러움）」を見守っていたであろう、不特定多数の感情を思い浮かべてみよう。砂嵐のように押し寄せる

後悔、時間が経つと思い浮かぶそのときの感情との距離感のようなものを歌詞に込めたいとき、私は「騒々しい（소란스럽다）」という言葉を使うのだ。

외롭다

孤独だ

ひっそりと私にだけ集中できる時間

「一人娘（외동딸《ウェドンッタル》）」「一人息子（외동아들《ウェドンアドゥル》）」は、「외　ウェ」の文字が前にくっついた言葉だ。つまり「一人」「一人になること」を表現している。

孤独という言葉が持つ辛い感情はさておき、人間はどんなことがあっても一人だ。けれど私たちは社会の中に生きているから、ときどき錯覚を起こす。一人のまま群れで生きているだけなのに、まるで二人または群れであるのがもともとだと。そんなとき、私を理解してくれないスタッフと一緒にいたり、自分だけが異なる群れの中にいたりするとき、私たちはふと寂しくなる。

「結婚しているのにどうして孤独なのだろうか」と質問する人は、私を限りなく孤独にさせる。私にとって孤独は必ずしも埋めなければならない欠乏ではない。むしろ、静かに自分自身に集中できる大切な感情だ。

人生が舞台だとすると、先述した「騒々しい」という言葉は観客の視点から見たもので、つまり客観的でなければいけないのだ。舞台の主人公を降板して初めてその騒々しさがわかるように、孤独は舞台の上でも客席でもなく、舞台裏で感じる感情だ。たくさんの役割によって存在していた自分が、なんの装飾もなく一人であることを感じるときに出会う感情。長い時間は耐えられない感情であることに間違いないが、私たちにはときどきこういう時間が必要なのではないだろうか。

싫증이 나다

飽きる

自分の愛の震源地を探すことができたら

好きな音楽を愛おしみながら聴くことがある。

ただ、何度も何度も聴いていると飽きてくる。疲れがたまって、あれほど好きだったメロディにうんざりしてくるのだ。好きだった歌にうんざりしてしまう感情はいつも、寂しさを伴う。その感情の主体が自分でも悲しいのに、変な話だが似た経験をしたことのある人は多いと思う。

ある音楽が好きだったのに嫌いになる感情は、恋に落ちたのに冷めてしまうのと似ている気がする。一目惚れするようにメロディに魅了され、会いたい気持ちを我慢できずしょっちゅうデートするみたいに毎日のようにその音楽を聴く。けれど、結局は似たようなパターンがが繰り返され、倦怠期を迎え、そして飽きていく。

はじめに私をときめかせたその全てが予測可能になるとき、気持ちが以前とは違ってくるという点でかなり似通ってくる。

事の終わりが全くすっきりしないのが、「飽きる」という感情だ。お気に入りのおもちゃに飽きて投げ捨てていいのは、小さな子どもだけだ。ほとんどの飽きには罪悪感が伴う。こういった罪悪感が与える負の感情が嫌だからなのか、私は幼いころから何かにはまると、それを作った人を追いかける習慣があった。『입영열차《イビョンヨルチャ》 안에서《アネソ》 入営列車の中で』を歌ったキム・ミヌを好きになり、『추억속의《チュオッソゲ》 그대《クデ》 思い出の中のあなた』を歌っていたファン・チフンを好きになったのに別の歌を歌う彼らに何も感じられず、自分のことをいぶかしく思うときがあった。

すると『시간속의《シガンソゲ》 향기《ヒャンギ》 時間の中の香り』を歌うカン・スジにどっぷりはまったところ、歌番組で表示される作曲家の情報に初めて目がいき、「ユン・サン」という覚えやすい名前を発見した。それから私の気持ちを動かす曲に彼の名前を立て続けに発見し、わかったのだ。私が惹かれるのは、この音楽を作曲した人が持っている何かなのだなと。

金の卵を産むアヒルの話がある。例えるなら、金の卵よりもそれを産むアヒルを探して傍に置く人、それが私だ。これは自らをとてつもなく幸運だと思う趣味嗜好だ。こんなふうに何かを好きになって以降、私はめったに簡単に飽きなくなった。

一つの歌を好きになり、その歌だけを繰り返し聴くと必然的に疲れがたまるけれど、一人の作曲家が作る曲はそうはならない。好きな歌が全部同じ人が作ったものだと後から気づいたという経験は、私だけでなく多くの人も経験しているのではないだろうか。

私は今でもユン・サンが作る音楽のどの部分が私を刺激するのかははっきりとはわからない。明確なメカニズムはあるはずだけれど、それを一つ一つ掘り下げる気はない。

彼が作る音楽が一度も私を失望させたことがないと断言できるから、それだけで満足だ。何かに、もしくは誰かに頻繁に飽きるのであれば、それは「飽きっぽい性格」のせいではなく、避けられない部分だけを選んで好きになる傾向のせいかもしれない。飽きをもたらす罪悪感や不快さがないのならかまわない。

けれど、そんなふうに感じるのであれば、自分が好きなものの共通点を探ってみてはどうだろうか。

それは特定の人に対しても同じだ。具体的でなくてもその人が持つ固有の性格、態度、エネルギーなどを探し出して、それが愛の震源地であることを認識すれば、繰り返されるパターンに飽きる現象は減るかもしれない。

肌のような表面的ではなく、心の深い部分に触れるものを区分するには、それなりの訓練が必要かもしれない。

간지럽다

くすぐったい

知っているようで知らない不思議な幸せ

私が不思議に感じる言葉の一つに「くすぐったい」がある。この不思議さは、まるでプルガサリ（訳注：形はクマ、鼻は象、目はサイ、尾は牛、脚はトラに似ており、よく鉄を食べ邪気と悪夢を追い払う）が私に与える感情と似ている。

プルガサリには本当に申し訳ないが、その実物を見たときの衝撃は忘れられない。一見、童話の中から飛び出してきたような神秘的な生命体で、星模様が散りばめられていたが、近くで見ると全部イメージ効果だったのだ！　変な突起はもちろん、体をくねらせて動く気持ち悪い動き（私は個人的に「体をくねらせて」動く生命体に強い拒否感を感じる）って、どうなのだろうか。

しかし、それでもやっぱりプルガサリはかわいい。まばらな星模様の神秘的な生命体に変わりはない。

くすぐられると笑ってしまう。だが、この笑いはどちらかというと苦痛に近い。笑いとつながっているから、面白く使われるのだろうか。照れくさいという言葉はどこか気恥ずかしいときに使うし、人はしょげているときにどこかを掻くこともある。お腹の中がくすぐったいという表現がときめきを説明するときに使われるのを見ると、幸せなオーラが出ている言葉みたいだ。

くすぐったい感覚が不快な状況と結びつくのを見ると、それだけでは説明がつかないようだ。蚊に刺されたり、肌が過度に乾燥したり、ちゃんと洗っていなかったり……。

猫が顔を近づけてくるときに感じるヒゲの感覚も、私が好きなくるくるめくれた紙の先っぽの感触も、笑みが自然とこぼれる瞬間を表現する言葉も、結局「くすぐったさ」だから不思議だ。自分でコントロールできるとき、言い換えるとその度合いを調整できるときのくすぐったさは幸せとつながる。ある程度の称賛は気分が良いが、褒められすぎるとどうしていいかわからない。触感がほんの少し続くくらいなら笑えるが、それがずっと続くとなると苦痛になる。プルガサリが美しくあろうとするなら、私にとってある程度の距離が必要なのと同じように。

기억, 추억

記憶、思い出

それぞれに刻まれた過去

「記憶」と「思い出」は歌詞で頻繁に使われる単語だ。

だからこそ使うたびに悩まされる言葉でもある。あまりにも頻繁に登場するため、ふつうはまず使うのを避けようとする。そのかわりに「時間」「日々」「場面」などの単語がよく使われる。

それでも、これらの単語では表現できない感情があるから、「記憶」と「思い出」という言葉が歌詞の中に存在しているのだ。

その日の気分によって選ばなければいけないくらい、これらの言葉の必要性が対等な場合もある。

一方で、繊細な感情の描写がメインになるときは、微妙な違いを天秤にかけることになる。

これらは全て頭や心の中に保存された時間を意味する。けれど、「記憶」は「思い出」ほど、感情には関与していない。良い記憶と悪い記憶はあるが、「悪い思い出」は体が裂かれるような言葉だ。

「思い出」は「良い」「美しい」などの修飾語を省くこともできる。つまりメロディの文字数によってこの言葉を使用するかどうかが決まることもある。

「記憶」は間違うことがある。イ・ソラの「바람이《パラミ》 분다《プンダ》 風が吹く」に出てくる「思い出は異なって刻まれる」という歌詞は、記憶の特性をうまく活用した、名言に近い表現だ。

一方、「思い出」には間違う余地がない。それはすでに自分がどうにかして保存し、自分の感情が積極的に介入した結果だからだ。

その当時の状況が実際に良くても悪くても、思い出になるかならないかの最終決定権は全て自分にある。深い悲しみも時間が経つと思い出に変わることがあるように。

もし、思い出がプリントされて額縁に入れられた写真だとすると、記憶は切り取られて現れたデジタル写真だ。切り取られる前の状態によって全く違う話にもなるし、拡大して眺めてみると知らなかったものが見えてくることもある。過ぎ去りはしたものの消えてはいないので、これからどんな姿に変わるかは誰にもわからない。

全ての記憶が熟して思い出になることはないが、つまるところ、思い出とは全て記憶の痕跡なのだ。

Part 3

じぶんへのことば

弱気になったときは
少し休んでから進むこと

From the radio

自己肯定感は筋肉みたいなものです。一度高まったからといって、ずっとそのままの状態が続くわけではないでしょう。高まるときもあるし、低下するときもある、そういうものだと思います。だからこそ筋肉みたいに鍛えないといけません。ときどき弱くなったときは休んで、もう一度運動をして鍛え直す、それを繰り返していくものです。

성숙

成熟

大人びた子どもが育って
子どもじみた大人になるアイロニー

「成熟した子ども」という言葉を聞いたことはあるだろうか。

一緒に使うと論理的に矛盾する言葉がある。「成熟する」「子ども」という言葉がそうだ。この言葉は子どもが対象だと「子どもらしくない」を意味し、大人が対象になると「賞賛」の意味を持つ。

大人たちの気をもませない、困った状況を作らない子ども。たとえば、食堂で大きな声を出したことがなかったり、先生の言葉に一度も逆らったりしたことがない子どもたちを、私たちは「成熟している」と言って頭をなでるのだ。

賞賛には中毒性がある。大人でさえそうなのだから、子どもたちにとってはどれほど大変だろう。この言葉を聞いて育った子どもは、ときに「成熟した」枠の中に自らを閉じ込めてしまう。大人になっても思春期みたいな精神的な迷走を経験する彼らは、往々にしてトラブルとは縁のない「成熟した、大人びた子ども」だったケースをたくさん見てきた。トラブルは、子どもが思いどおりにならない状況を大人の視点から表現したもので、子どもにとっては一種の葛藤となる。自分の意志とは違う状況が流れていくことへの抵抗や混沌の表現なのだ。思春期になると、こういった葛藤は頂点に達する。

思春期を経験する青少年とそれを見守る親にとっても大変な時間だが、この時間は自我を確立するのにぜったいに必要なのは明らかではないだろうか。

健全な思春期を経験できなかった人たちが中年になって危機を迎えるのは、おそらくこのためだろう。時すでに遅しで、まわりに話すのも憚られるから、孤独感は倍増する。

大人びた子どもが育ち、子どもじみた大人になるだなんて……。なんというアイロニーだろう。大人びた子どもという言葉を聞いてもうらやましくない人間として希望を一つ挙げるなら、子どもじみた大人は互いを認知できるという事実だ。私たちが出会うことがあれば、お互いの未熟な部分を思いやり、抱きしめ合おう。

#年を重ねるということ

나이 든다는 것

From the radio

「あなたの精神年齢は何歳ですか？」と尋ねられたら、どんな答えが出てきそうですか？　私は、自分の年齢そのままのような気がします。今年で四十一歳ですが、この年齢がそれほど年を取っているとは思えないんです。それなりに成熟した部分もあれば未熟な部分もある年齢だと思うので、「不惑」という言葉は昔だからこその言葉のような気がします。

むしろ、まわりの友だちを見ていると、実年齢よりも大人っぽくしようとしているふうに見えるんです。四十代を象徴するような年齢に合わせて行動し、言葉づかいが変わるだとか、オジサンだから、オバサンだからといった象徴性は、むしろ自己を破壊するのではないかと思います。

それに誰の考えが幼かろうが大人びていようが自由です。だからこそあえて象徴的なものに縛られる必要はない気がします。

Plus Comment

格言の多くは、ときとして互いを対峙させる。
「知らぬが仏」VS「知は力なり」
「石橋をたたいて渡る」VS「牛の角も一気に抜け（何事もやる気のあるうちにやっておけ）」

年齢に関する言葉も同じだ。年齢は数字にすぎないという主張と、年相応の行動をしろという主張は対立している。

知らぬが仏でもあり知は力でもあるのと同様に、年齢をめぐる二つの主張はどちらも間違ってはいない。ある意味、年齢は私にとってただの数字にすぎない。私は、元旦の日の出に向かう熱狂に共感しない人間だ。いつもどおり地球が太陽のまわりをまわっているだけなのに、いくら元旦だといっても、それを見て自分の願いを込めるには動機が足りない。

二十歳になった年も、三十になった年も、四十になった年も、どれもふつうだった。だから私は年齢差の大きいカップルへの断定的な視線にも、年不相応の恰好という言葉にも簡単に同意できない。時間は流れるだけだし、それを数えただけの数字のせいで、趣向や愛が変わらなければいけない理由になるとは思えない。

年を重ねることに対する嫌悪感が湧き上がることを、まず認めるべきだ。これは冗談の中にもたびたび現れる。「年を取るほど口数は少なく、かつ財布のひもを緩めなければいけない」という言葉を目にするだけでも、この言葉に込められた暴力性は一つや二つではないだろう。「年相応に振る舞えずに出しゃばる」という非難は、たくさんの遅れてきた勇気を躊躇させるのだ（非難が妥当であっても、その原因はその「人」にあるのであって「年齢」にはない）。年を取ることへの恐怖心から始まる防御心理かもしれないが、こんな間違ったフレームが年齢にかぶせられなければいいのにと思う。

それにもかかわらず年齢がただの数字に「すぎない」わけではない部分は、全面的に重力にある。地球が太陽のまわりをまわる回

数の基準を時間ではかったとき、私たちはみな同じ時間を生きている。長い時間をかけて重力は私たちを引き寄せ、皮膚は垂れ下がり、骨は崩れ落ち、筋肉も力を失う。私はこのような体の老化には、人間に何かを伝えるメッセージだと信じている。亡くなった私の祖父は七十歳から聴力がものすごく衰えた。その後は大声で叫ばないとふつうの対話が難しくなるほどだった。家族が補聴器をすすめると、祖父はこんなふうに言った。

「年を取って耳がよく聞こえなくなるには理由があるんだ。ちゃんと聞こえないから穏やかだったりもするんだよ」

初めて聞いたときなぜそんなことを言うのかと、悲しみを通りこして腹が立った。だが、この言葉は今も私の心に刻まれている。それまでは、年を重ねることに対する私の感情は、嫌悪や恐怖だったかもしれない。けれども、その言葉を聞いてからは、年を重ねることは波に乗るように自然であるからこそ素敵な気がした。

年を取り肉体が衰えること、もう少し慎重になって荷を下ろしなさいという意味があるのかもしれないと思ったのもそのときからだった。

また、ものごとが少し遅く進み、時間の感覚が鈍くなることによって、世の中をより広い視点で捉えることができる大人になることも、もしかすると体の老化のおかげかもしれない。

重力が私に伝えたかったメッセージを受け取りつつ、ただし体を過度に壊さず年を重ね、数字で全てを判断する愚を犯さず、肉体の有限性の前で謙虚になること、これがこれから年を重ねていくうえでの願いだ。

꿈

夢

叶わなくてもじゅうぶん幸せなもの

自然から傷つけられたことがある。それは、雲と虹からだった。晴れ渡った空に浮かぶ雲は、五感を刺激し、想像力をかき立てた。特に「積雲」と呼ばれる、まるでしぼりたての生クリームみたいな雲に触発された。学校で習った雲の正体が嘘みたいだった。

この世はいつも「子どもは知らなくてもいい」という秘密があふれている。子どもにだけ隠された真実がたくさんある世の中。「ふん。私がだまされるとでも思っているの？」と、子どものころはそう思いながら、過度に騙されているふりをしていると信じていた。だからこそ自分の目に見えるそれが、先生が言うようなただの水蒸気のかたまりのわけがなかった。鮮やかな輪郭を持つ白いかたまりは、幼いころに大好きだったソフトクリームを思い出させた、その雲に舌を触れたらどんな味がするのだろうと思っていた。そして、あれをつついたら、生クリームみたいに消えるのか、マシュマロみたいにゆっくりともう一度ふくれあがるのか、それとも石けんの泡みたいにふわふわと広がるのかを想像した。

たまに雲を突き抜けていく飛行機を見ては、羨望の念を抱いていた。「あの中に乗っている人たちには何が見えるのかな。まるで牛乳を浴びているような気分かな。飛行機はきっとスピードを落とすはず」。初めての海外旅行を目前に、私は名前すら知らない国よりも飛行機に乗るんだという思いから、なかなか寝られなかった。旅行当日、空には積雲がちらほらと浮かんでいた。条件はそろった。ついに自分が、あの雲の中に入るのだ。

だが、先生の言っていたことが正しく、私は間違っていた。雲の中は、霧がたくさんかかった日の通学路と変わらなかった。ぜったいにあの前は何も見えないくらいかすんでいるのに、近づくと自分が歩いた分だけ逃げていく霧のかたまり。薄い煙にすぎなかった雲を通過してみると、以前のように空にときめくことはなくなった。

虹の始まりと終わりを見に行けないことを知ったときも同じだった。「いったいなぜ？」という疑問が言葉にならないほどだった。どうしてあんなに鮮やかで、まだらな색동《セットン》（訳注：五色の縞を入れた子ども服のそでの布地）テープに似た虹が、蜃気楼みたいなものなのか。幸いにも、虹はいつも遠くにあるため追いかけてみようという意欲が湧くことはなかったか

ら、雲について知ったときほどのひどいショックを受けることはなかった気がする。そうやって霧のようにだんだんと童心の時期が過ぎていった。そこにあるのにそこにないもの、今すぐ手に取ることはできないけれど存在自体が美しいもの。夢は、子どものころに想像した雲と虹に似ている。

ほとんどの子どもたちは、何の準備もできていないときに「大きくなったら何になりたいか」を聞かれる。その時点では「大きくなる」や「何かになる」ことが具体的に何を意味するのか、まだはっきりと理解できていない。小さいころのいちばん安全な答えは、科学者、弁護士、先生などだった。それは「どうしてそうなりたいのか」という難しい質問をされても、答えを考える必要がないからだった。

いつからか、小学生の夢や希望する職業に、芸能人やYouTuberなどが選ばれているというニュースを目にするようになった。そして、子どもの夢がつまらなくなったと言う大人の反応をよく耳にする。

私はむしろ、子どもたちが自分で夢を探し始めたと思っていた。

子どもは、まだ広がっていない自分たちの世界観の中で、돌잡이《トルチャビ》（訳注：満一歳の誕生日の祝いの膳に種々のものを並べ幼児に自由に取らせて将来を占うこと）のように夢を選ぶ。大人が用意した選択肢の中から一つを選ぶのだ。

驚くべきことに、夢に対する強迫観念は大人になっても続く。十代ではまだ夢が見つからないことを心配し、二十代では夢を求めてさまよう。そして中年になると、この年になってもこれといった夢を見つけられなかったとため息をついたりもする。

種が風に運ばれてそこで花を咲かすように、夢も突然に芽生えるものだ。もしかすると、小さいころに何度も繰り返される「何になりたいか」という質問のせいで、私たちは夢と目標を混同しているのかもしれない。目標は具体的な地点や数値で表される一方で、夢はより抽象的な場面やイメージで表現される。映画で言うと、目標はどれくらいの観客数を動員するのか、どれくらいの収益をあげるのかなど、具体的な「数値」を扱う話だ。一方、夢はアートのように、どんな雰囲気の場所で、どんな色と質感の衣装を着て、どんな小道具に囲まれているかというイメージを扱う。つまり自分をイメージするのが夢なのだ。立派な目標とかっこいい夢、それぞれに適した表現方法がある。

まだ夢がないのなら、むしろそのほうが自然だ。

夢は、「好きなもの」を見つけ、趣向が定まってから自然に咲き出すものだ。心から惹かれるものに出会ったときに生まれる夢は、自然と私を導き、小さな目標を作ってくれる。

心が向く全てのことが自分の意志と関係なく私を導くように、夢もまた同じだ。夢は目標とは異なる性質を持つため、必ずしも成し遂げなくても私を幸せにしてくれる。作家を夢見る人は、文章を書いているときが幸せだと感じる。その幸せを追求して文章を書き続けることで、自然と筆力が伸び、次第に具体的な目標を立てるようになり、夢が現実になる可能性が高くなる。

私にとって音楽がそうだった。好きな音楽を聴くと全身にエンドロフィンが広がり、恋に落ちるときのような胸の高鳴りを感じた。

けれども、単に音楽が好きというだけで、具体的な目標を立てたことはなかった。社会人になってから自然と音楽の仕事をしたいという目標ができ、遠くから徐々に中心部へと近づいていき、今の私になった。

作詞家を夢みる人にとって、私の職業は手の届かない雲や虹のように見えるだろうが、それは長い時間をかけて一日一日が積み重ねられた結果なだけだ。私はただ、過程を喜び熱狂しながら、今の私になっただけだから。

いつどこであなたに出会ってもおかしくはない。

雲や虹に触れて味見がしたいという子どものころの夢は叶わなかった。でも、この二つの夢は今も私を幸せにしてくれる。ただ思い浮かべるだけで幸せになれる夢があるのなら、それを大切にポケットにしまって、ときどき取り出してほしい。触れることができないからといって、それを捨ててしまわずに。

유난스럽다

際立つ

あなたが特別だという意味

非難の文脈で使われることが多いこの言葉は、辞書を引くととてもかっこいい意味となる。「ふつうと違って特別なところがある」（エッセンス国語辞典）。ものすごく絶賛されているではないか！

「際だってふるまわないこと」が美徳とされるのが理解できない私にとって、こんなに嬉しい解釈はない。この言葉がネガティブな意味で使われるのがよくないと思う理由は、相手に曖昧な羞恥心を与えるからだ。思いっきり恥をかかせれば相手の無礼さを指摘することもできるし、まわりの人が先に自分を守ってくれる可能性もある。けれど、この曖昧な表現は、この言葉を聞いた一人を除く他の人たちが認知するのを難しくし状況をうやむやにしてしまうから、聞いた者の心の傷は、他の人には見えないまま、その人だけが一人で抱えることになる。私はうんざりするほどこの言葉を聞いているうちの一人だ。

　私の「際立ち」は、ふつうだと簡単には揺れ動かない感情にあった。小さなことに感動し傷つきやすい私の性格は、一見するとナイーブで良く見えるかもしれないが、「大げさだ」と指摘されることが多かった。小学生のとき『있잖아《イッチャナ》 비밀이에요《ピミリエヨ》　あのね、秘密だよ』という映画を見た。おそらくこの映画は私が人生で初めて感動した映画だったと思う。その後もしばらくの間、ハ・ヒラ（訳注：映画の中の女性主人公）が出ている別のドラマを見ても涙があふれるほどだった。この映画を学校で見たことがあるのだが、ストーリーを知っている私は、映画が始まるとすぐに涙があふれてしまった。背中をとんとんしてくれた優しい友だちより色濃く記憶に残っているのは、「なんで泣いているのか」と後ろ指をさした数人の友だちだった。こんな瞬間が積もり積もって、私たちは感情を整える方法に慣れていく。

　『スーパースターK』というオーディション番組で「ウララセッション ulala Session」というチームが優勝した年があった。泣いたり笑ったりしてその番組にはまっていた私は、応援していた彼らが優勝する瞬間を見たとき、これまでにない感動を覚えた。そして、リーダーのイム・ユンテクが癌でこの世を去ったとき、私は自分でも驚くほど打ちのめされた。

応援していたミュージシャンを失った悲しみ以外にも、この番組を見るときの私の感情的な消耗は相当なものだった。オーディション番組は特に感動的な場面が多く、私は前後の脈絡とは関係なくむやみやたらに泣く人間だということに改めて気づいた。だから最近ではオーディション番組を楽しめない（私が出演したSBS『더팬《トーペン》 もっとファン』の場合、こういった部分を哀訴すると、制作陣に「うちの番組はそこまで感動的でしんどくはないはずだ」と説得された。実際、その番組は比較的穏やかな番組として幕を閉じた！）

私が泣き虫だということは自覚しているが、母でさえも私がこうも簡単に涙を流す人間だということを、この本を読んで初めて知るはずだ（夫は知っている）。

子どものころに経験した恥ずかしいできごとから、涙をコントロールするスキルが驚くほど向上したおかげで、私は人前で涙を見せることはなくなった。だが、その涙を抑えるのにどれほどのエネルギーを使っているかは、私と似た性質を持つ読者なら見当がつくと信じたい。

たくさんの恥ずかしい瞬間を経験したにもかかわらず、内面の際立ちを守ってくれた自分が今さらながらありがたい。

並の「際立ち」ではなかったおかげなのか、羞恥心が脆弱にもかかわらず、心が折られなくてどれほどよかったか。そんな性格が、私が作詞家になるのに大きな役割を果たしたはずだから。考えてみると、際立っていると指摘された部分がまさにあなたを光らせてくれる何かのはずだ。

だからこそ、際立っている者たちよ、全力で自分の特別さを守ろうじゃないか！

호흡

呼吸

不安にさいなまれた自分を救うには

眠りにつく前は、できるだけ退屈そうなチャンネルをつける。編集ポイントがほとんどないドキュメンタリーだとか、私が何の関心もないことについて講演する番組だとか……。

あるとき、子守歌がわりにつけておいた番組が、眠りかけていた私を目覚めさせた。それは瞑想に関する講演だった。その内容が非常に面白く、携帯に急いでメモを取るほどだった。瞑想に関する長い話はさておき、いちばん印象深かった部分について話してみよう。

瞑想について特に知識がなくても一つだけわかることは、瞑想においては呼吸がものすごく重要な役割を果たすという事実だった。実際、この番組の講演者は視聴者に瞑想をすすめ、ゆっくり吸い込んで吐くことに集中するよう言った（私はヨガを習ったときにも、確か同じことをしたが、呼吸に集中するという概念が全くピンとこなかった。少しやってみても退屈で、そのうえ呼吸を意識し始めると、自律神経が故障したような感じがして、不快ですらあった。無意識にしていた呼吸をコントロールするという感覚だろうか）。

それでも数回の先行練習のおかげなのか、今回は比較的集中することができた。そして、実際にほんの少し体がゆるむ経験をした。瞑想を初めて行う人に集中することをすすめる理由は、今この瞬間、つまり完全に「現在」起きていることの中で呼吸が代表的だからだそうだ。瞑想の目的は常に浮遊する雑多な思考を止めることにある。こういった思考のほとんどは、ほんのわずかであれ過去や未来にある。迫りくるものへの不安、または過ぎたことへの後悔。

これは本当にアイロニーだ。私たちはただただ現在にだけ存在できるのに、実際の思考はほぼ未来や過去にとらわれているからだ。過去の経験から生じた恐怖が、未来に対する不安を煽る。

チベットの僧侶みたいに瞑想の高段者ではない以上、ふつうの人には思考を止めることはできない。しかし不思議なことに「心配をしている自分」を認知するだけでも、実際にストレスの大半が消えるということだった。自分自身を客観的に見つめる時間を持つこと、もしかすると瞑想はそのためにするのかもしれない。

見ている映画が怖すぎるときにやってみる習慣がある。それは、画面に映らない制作スタッフを思い浮かべることだ。そうすると、少し前まで怖さで身動きが取れなかった感覚が消え、むしろ映画が怖くないという別の問題に直面するほどだ。それならば、どうして怖い映画を見るのかと思うかもしれないが、それくらい確実な方法だという話だ。ドラマも同じだ。主人公はいつも葛藤して危機に陥る。そこから来るストレスがドラマを楽しむ要素ではあるが、彼らの運命を決めるのは脚本家だと思えば、一気にストレスは減っていく。主人公は概して脚本家によって救われ保証されるのだから。

自分の人生を演劇に見立てると、その脚本家も主人公も私だ。脚本家である私が危機に陥った主人公のそばに座り、「どうしよう、どうしたらいいんだ」と焦ってはいけないのだ。不安にさいなまれている私自身、つまり主人公のために、脚本家である私ができることは、次の回に話を進めることだけだ。私ができる最善を尽くし、全てを道理に委ねること。

思いつめて寝られない夜には、長い呼吸をしてみよう。息を吸い、吐くことにだけ集中してみよう。「私は呼吸している。こうしてちゃんと生きている。不安にさいなまれた私を救うために、静かに呼吸して横になっている」。こうやって考えを整理してから、主人公のためにベストな次回の脚本を書いてみるのだ。

主人公を見捨てるわけにはいかないから。

#一方に偏らない人

한쪽으로 치우치지 않는 사람

From the radio

自分のせいにしすぎるのも、他人のせいにしすぎるのも、どちらも本人にとって本当によくないです。これらは諸刃の剣みたいなものです。私はそんなことがあると自意識を調整しようと思うんです。何かがうまくいきすぎたとき、かえって満足感が得られないことがあります。そんなときこそ、自意識の調整に成功した瞬間だと思います。

特に自分が作詞を担当した歌がヒットしたとき、それは自分だけの力ではなく、作曲家、歌手、制作者、そしてファンといったいろんな要素が重なり合っての結果です。

それでもときどき自分がうまくやったから成功した気分になることがあります。その考え方の落とし穴が何かというと、仕事がうまくいかなかったときには全部自分のせいだと感じることです。「私が変な歌詞を書いたからうまくいかなかった気がする」と悲しんでいたとき、夫から「それもある意味で一種の傲慢さだよ」

という意外なアドバイスをもらい、とても救われました。「そのとおりだ。私が一つ失敗したからといって、それが全てを左右するわけじゃないよね」。それからは何をするにも自分のせいにしすぎず、うまくいっても傲慢になりすぎず、ほどほどに流れに身を任せるように生きていけるようになった気がします。

Plus Comment

ピラティスを始めてようやく、運動をしなければ肉体はかならずバランスを崩してねじ曲がることを知った。私のようにふだんから姿勢が良くない人ならなおさらだ。数ヶ月続けて運動をしたら、せめて数年はその効果が続いてくれてもいいのではと、どうしようもない駄々をこねつつも、少しでも元気でいたいからと運動を続けている。私は左足を右足の上に組む癖がある。だから反対方向に足を動かす運動をするのだが、そういうときは「ねじれる癖がある体と一生こうやって戦わないといけないんだな」と思ったりもする。

他人のせいにすることと自分のせいにすることのバランスも、こういった身体構造や特性に似ている。自己意識が過剰だったり、欠乏したりする隙間を意識的に調整する必要がある。世の中で起こる全てのことは自分のせいでも、他人のせいでないはずだ。悪い結果を印象づけるときは「〇〇のせい」、良い結果を印象づけるときは「〇〇のおかげ」と表現する。どちらも一方にだけ偏ってはいけない。自分を叱ることも褒めることもできる人こそ、体でいうと完璧なバランスをとれる人だが、運動の原理と同じで一度の気づきだけでそれを維持することは難しいだろう。今も一方に歪んだ足をそっと組み替えながら、今日の自分がどちらに偏っていたのかに思いをめぐらせる。

매력 있다

魅力がある

私を規定するフレームから出ること

「魅力がある」という言葉は、主観的な感じ方でありながらも、多くの人が共感する不思議な力を持っている。それは様々な趣向が交差する中立的な領域に存在する言葉でもある。自分のスタイルではなくても、何が長所なのかをかいつまんで言うのが難しくても、さらには気に入らない部分がかなりあったとしても確実に惹かれる部分があるとき、人はその曖昧な気持ちを「あの人って魅力があるよね」と表現する。

私たちは、深い会話をするなどお互いを知り尽くしていない限り、相手を平面的に理解し、それが十分な理解であると誤解することがある。だが、時折、知っていた人の一面的な姿が突如として立体的に見える瞬間がある。たとえば、慎重で冷たいと思っていた人が実は天然な一面を持っていたり、温かくてふがいないと思っていた人が職場ではカリスマ性があり冷徹な一面を見せたりだとか……。

「魅力がある」という表現は、誰かを肯定的に評価する多くの言葉の中で、人が持つ様々な面が適度なバランスを保っていると感じたときに使われる。「かっこいい」「かわいい」「優しい」などの言葉よりも深みがあり、人の多様性を認識したときの爽快感から、自分自身の気持ちまでが良くなることがある。

誰でも一度は、魅力ある人になるために何らかの努力をすべきだと考えたことがあるだろう。確かなのは、自分が定義されている枠組みを超えて、自分自身を客観的に見つめることができたときに、自らの魅力を把握する可能性が高くなるということだ。単にMBTIや他人からの称賛もしくは批判だけで自分を理解しているのではないかを考え、枠組みを少し超えてみることで、見えなかった自分だけの魅力を発見できるはずだ。

드세다、나대다

気が強い。出しゃばる

人を躊躇させない言葉について

「気が強い」という言葉をときどき耳にする。幼いころの私は同い年の女子に比べて背が高く、体格も良かった。そのせいなのか、小学生のときには男子児童の間で起こる問題を解決することもあった。その話は記憶になかったが、小学校時代の男友だちが「子どものころ、君が僕をいじめるやつから守って、僕を母親のところまで連れて行ってくれたことを覚えてる？」と、当時のエピソードをいくつか話してくれて思い出した。

「あ、私ってちょっと強かったよな。弱い人を守っていたんだ、良かった！」

と、思うのと同時に「君は女の子なのに、どうしてそんなに気が強いんだ？」と言われたときの恥ずかしさがよみがえった。気が強いという言葉には、幼い女の子を一瞬で萎縮させる力があった。

「ガールクラッシュ」や「強いお姉さん」といった表現は、確かに好意的に受け取られる。しかし、それらの表現が浮かび上がらせるのは、韓国の男女に関する植えつけられた先入観の部分でもある。韓国では、女性はソフトで温和でないだけで、「強いお姉さん」や「ガールクラッシュ」と簡単に称されてしまう。それだけ女性の既定事項（デフォルト）が暗黙知とされているというわけだ。


私は、そういった特定の環境に限らず、男女がそれぞれ同じ規定の性質を持つとは思わない。体格の差から生じる傾向の違いは、一定の範囲内で存在するのではないか。だが、性別による「模範的な傾向」というものがない以上、どんな特性も幼年期に「ダメな点」として心に刻まれ、それが成長する過程で個々の強みまたは特性に変わる可能性があると思う。消極的な男子または積極的な女子だからこそ、他にはない特別な魅力を発見することもできる。無理に中性的に見せたり、ソフトになろうとしたり、強くなろうと努力しなくても、自分自身を認め、受け入れることができるはずだ。

特性の既定事項（デフォルト）は、自分の社会的ないいところと悪いところを把握するうえでいちばん重要な要件だ。負けず嫌いで積極的だった一方で、おとなしくはなかったけれど、気が弱いところもある敏感な私の性格は、今のポジションに来るまでの大きな原動力だったはずだから。なんの干渉もなかったとき、あなたの既定事項は、どんな模様だったろうか。

一方、自己主張が強く、みんなが「はい」と言うときに「いいえ」と言う人がいる。自分になんの得もない以上、人は彼らを「出しゃばり」だと指摘する。すると、静かだった人が一斉に現れて言うのだ。

「そうだよ、あいつは出しゃばりすぎだ」

その人の行動が理にかなっていないときは、注意深く説明し、理解してもらえるように努めるだろう。

私は、世界を変えるのは、部屋の片すみで何か一つのことが刺さるとその一つに全てをささげるオタクたちだと信じている。声をあげた出しゃばりたちだと信じている人間だ。石を投げられる出しゃばった人が既存の枠をこわすと、これまでの世界ではなんの得にもならない何かに没頭してきたオタクたちが掘り下げた世界が、その人の後ろ盾になる。私たちがその間どこかを浮遊してきたのなら、少なくともこの両極端な人たちにある程度の借りを作っているわけだ。だから、出しゃばっているという言葉を口にしそうになるときは、口をふさぐことでその負債を帳消し、いや、さらに増やすことのないようにしてみよう。

정체성

アイデンティティ

自分の本当の姿に混乱するとき

『鼓膜メイト』という番組のなかで知り合った「シンガーソングライドル」チョン・セウン。この新造語は、シンガーソングライターであると同時にアイドルスターでもある彼を表すのにぴったりだ。彼はとても思慮深い。言葉をたくさん交わさなくても、落ち着いた眼差しからは、なぜか計り知れないほどの孤独な夜が感じられた。そんな彼のニックネームは「チョン・セウン」だ。収録中に彼が話していた言葉が心にしみた。

彼はバラエティ番組に出るとき、音楽を作るとき、歌うとき、ラジオＤＪをするときなど、そのときの状況によって異なる自我があると語っていた。特にメディアに出るミュージシャンであれば誰もが経験するアイデンティティ混乱の時期を、自分だけのやり方で解決したのだ。それにより彼は性格の異なる様々な役割を果たすことによるストレスや他人の視線から、比較的自由でいられたと語った。

私は四十を超えて、二十歳そこそこの友人から回答を得たのだ。

私たちはそれぞれ固有の「私」であることに間違いないが、細胞分裂をするように数多くの状況の中でそれぞれ別の「役割」として存在する。これらの役割は必ずしも義務感だけから生じるわけではなく、無意識の中でも生じる。たとえば小学校の同級生に会えばそのときの自分に戻り、職場の同僚の集まりではその集団に見合った自分になる。さらに集団だけでなく、誰の前にいるかによっても、自分の姿は少しずつ変わる。だから他人にまともに理解されるのは難しい。

こういった姿を自ら認知しなければ、ふいに孤独で耐え難い夜がやってくる。「どうして私の気持ちを誰もわかってくれないのか?」「どうして私が強い人だと決めつけるのか?」これは誰のせいでもなく、私たちの「社会性」が原因なのだ。チョン・セウンの言葉をきちんと理解できなければ、信憑性がないとみなされるかもしれない。けれど、それは大きな間違いだ。誰もが、どこにいても常に完全な自己として存在するというのは利己的すぎる。配慮するからこそ、愛するからこそ、責任があるからこそ、ヒストリーがあるからこそ、私たちは時と場所により別の姿になるのだ。

私は放送人であり、作詞家でもある。「作詞家」というアイデンティティは、メディアでは砂袋のように重荷に感じられることがある。バラエティ番組で浮かれすぎて軽薄に振舞ってしまった夜は、決まって布団の中でハイキックをしていた（実は今でもしている）。ただ、「放送人」であるだけなら全く問題ない瞬間でも、作詞家としての自分を考えると、なんだか恥ずかしく、度を超えた気がするのだ。そんなときは、いつも「チーム、チョン・セウン」を思い出すことにしている。

考えてみると、私が「作詞家」だという事実は、番組によっては視聴者にとってそれほど重要なポイントではないかもしれない。特にゲストではなく司会を務めるときはなおさらだ。視聴者が楽しむためにはゲストを引き立てることが重要で、私の役割はメインMCをサポートし、ゲストとやりとりすることだ。その場合は、「作詞家」として存在することは必ずしも必要ではないはずだ。

これは仕事だけでなく人間関係にも当てはまる。どんな理由であれ、自分にとって大切な人の前では、その人に合った自分の役割または姿が必ず存在する。明らかに仮面とは違うのだ。大切なのは、自分がチームリーダーであることを忘れず、そしてどのチームメンバーも結局は私という幹から伸びた枝だということを忘れてはならない。

한계에 부딪히다

限界に達する

別の可能性と向き合う瞬間

限界に達したいちばん大きな経験は職場だった。一つはA&R（Artist and Repertoire：アーティスト発掘、育成、音盤製作をする職務）をしながら、プロデューサーになることを夢見ているときだった。私がA&Rに参加して大ヒットした曲がいくつかある。ブラウンアイドガールズの『Abracadabra』や『LOVE』、ガインの『돌이킬《トリキル》 수《ス》 없는《オンヌン》 戻れない』などがその例で、他にも反響を呼んだ曲があった。A&Rは、プロデューサーの手足となる役割だ。プロデューサーがアルバムの方向性を決めると、A&Rはこれに合う曲と歌詞を提供したり、作曲家をマッチングしたりする。何度か大ヒットを経験すると、「私がしている仕事はプロデューサーと何が違うのか」という疑問が湧き、少々意地悪な気持ちになった。

問題は、私がスタッフとして参加した曲が惨敗したときだった。ものごとが順調なときは実務者の功が輝く。だが、思いどおりに進まなかったり、結果が芳しくないとき、それがA&Rの責任にはなることはなく、全面的にプロデューサーや制作者の責任となる。

私の仕事は、ある「決定」下でなされたことだった。最終的にそれをタイトル曲に決めるのはプロデューサーの役割で、ある種の洞察力と計算力が必要な仕事だ。そういった決定を下し責任を負う能力と、それに対する揺るぎない決断力が私にはないと気づくのに、さほど時間はかからなかった。

私が会社員として初めて「チーム長」の役割を任されたときのことだ。チーム長代理だったころは、自分がそのまま組織の最高のポジションに上り詰めることを信じて疑わなかった。仕事への情熱や実務能力などを振り返ってみても、当時の私は自信に満ちあふれていた。

限界は「管理職」になって見え始めた。チーム長になりチーム員ができたことで、仕事を分配し人材を適材適所に配置することがどれだけ難しいのかを知った。自分だけで完結する仕事、つまり自分一人がうまくやればいいという仕事のほうが、はるかに簡単だった。指示したことが自分の思いどおりいかないとパニックになり、結果としてチームのメンバーは手持ちぶさたで、私だけが仕事を抱え込むことが多々あった。当然のことながらチーム全体が傾いた。管理者としての能力がないことを悟ったとき、私は辞表を出した。作詞家として独り立ちできそうだったので簡単な決断ではあったが、心の中では消化不良だった。

けれども、それによって「自分一人がうまくやればいい仕事」の大切さを感じ、細部にまで目を配る自分の長所を生かせるようになった。もちろん、限界に達するというのは、成し遂げようとする努力があってこそ言える言葉だ。見方を変えれば、全力を尽くしても結局は受け入れざるを得ない、それは何とも悲しい言葉でもある。しかし人間には誰しも何らかの部分に限界があり、その限界の「壁」を振り返ることで初めて自分だけの可能性が見えてくる。つまり「限界に達する」ということは、新たなスタートとも言えるのだ。

だからこそ、自分の潜在力と可能性を引き出してくれる人に出会えるのは、とてつもない幸運だ。この言葉は、自分では気づきにくい部分が、潜在力そして可能性だという意味でもある。地の果てにたどり着けた人だけが地図を描けるように、自分の限界に達した人だけが自分の真の力を把握することができるのだ。

겁이 많다

怖がりだ

結果的にいつも強い人たち

怖がりの人が好きだ。「小心者は繊細だろう」といった理由ではなく、怖がりは結果的に強いからだ。

無謀さを遠慮せずに表現する性格は、青春時代、特に男性によく見られる。そういった性格が「一見」強く見えるからだろう。だが、無謀な者たちは深刻な失敗を経験せず、またはその失敗から得た教訓を忘れてしまうことが多い。歩き始めたばかりの子どもに恐怖心はない。転んで、怪我をして、やけどをして、ときには悪気なく乱暴をはたらく。私は、怖がりではない人たちがどこへ向かうのか予測できない部分が、水辺にほったらかしにされた子どもみたいに見えていつも不安だ。

怖がりとは、単純に虫やおばけを怖がるだけではない。大切なものを守る価値を理解している人たちのことも指す。また自分と関係のある人たちへの責任感、仕事に対する慎重さがある者たちも同様だ。ディフェンスに全てをかけるサッカーチームのゲームは退屈でも、彼らは強い。生において衝動より持久力で対処する彼らの中でも、「自分は小心者だ」と言える人たちには特に好感が持てる。

「怖いものなし」を魅力的な武器として振り回さない彼らは、結果的にいつも強かったから。

이상하다

変だ

あるがままを眺められるように

背が高くてスラッとした体形、洗練された顔立ちで変わったダンスと歌を歌っている人がいた。ヤン・ジュニルの話だ。彼のデビューは1991年だから私が小学校、当時の国民学校6年生のときだった。その年齢で偏見や先入観を持っていたとは思えないのだが、私の目に映った彼は確実に「変だった」。

慣れないラインで動くジェスチャー、いくら歌詞を吟味しない時代だといえ奇怪な歌詞、(「가《カ》나《ナ》다《ダ》라《ラ》마《マ》바《バ》사《サ》(訳注：日本語のあかさたな)君と僕のヒミツの言葉」など)、そして見慣れない服装とヘアスタイル……。

ヤン・ジュニルは、テレビで彼を見たことがない若い子たちの間で話題になり始めた。

「あの時代にこんなに洗練された人がいたなんて！」という反応が殺到していると聞き、自分の記憶をたどりながらYouTubeを見た。「最近の若い子たちは、物珍しければ洗練されているように見えるんだな」と思いながら。

しかし、私の記憶の中の「変な人」は単なる若者の流行ではなく、恐ろしいくらいかっこいい人だった。「イケてる」「かっこいい、洗練されている」という表現はどこか違和感があり、頭の中で適切な言葉を探した。そして不意に「美しい」という言葉がぴったりと合った。昔の画面の中の彼は、実に美しかった。

もちろん当時の彼が人気がなかったわけではない。だが好き嫌いが極端だった。彼は確かに愛されていたが、同時に拒否感も引き起こしていた。『シュガーメン』というバラエティ番組で彼に会う機会があった。彼の口から直接聞いた当時の状況は、私の記憶よりはるかに鮮明で、そして具体的で残忍だった。大衆の好き嫌いだけでなく、彼は業界内でも「いじめ」られ、疎外されていたそうだ。

私が「美しい」と評する人物は、性別の枠を超えた雰囲気を持っているという共通点がある。よく考えてみると、マイケルジャクソンも、マドンナもスーパースターたちはほとんどそうだ。

その当時売られていた男性服は、ヤン・ジュニルがイメージするシルエットや動きに合わなかったので、大きいサイズの女性服を買って着ていたそうだ。

彼が活動していた時代は、「ホモ」という言葉がヘイト表現という認識もなくふつうに使われていた時代だから、女性服を着ている男性はあからさまに後ろ指をさされていたはずだ。

彼は当時トップだった振付師がつくったダンスを拒否し、ダンサーたちからボイコットされたこともあるらしい。そのおかげで彼の舞台は今見ても洗練されている。「動作」は流行に左右されるが、「表現」はそうではないはずだから。彼は、歌詞を表現するジェスチャーができるのが舞台だと思ってたと言う。彼が表現したいものは明確で、それを支える要素も完璧だったから、数十年が経った今でも時代の偏見を超えて彼の舞台は、高く評価されているのだ。時間が経っても愛される作品は、やはりそういった本質から誕生するようだ。

人はその人固有のカラーを持つべきだ、特別な自分だけの何かがなければいけないと言われるのが常だ。だが、いざそういった人に会うと、本能的に排除する。これは見慣れない生命体を拒否する動物的な本能からくるものかもしれないが、私たちは人間なのだからこその本能を理性で制御しなければいけないのに、いつもそれに失敗してしまう。そして、特別な人を「変わってる！」という誠意のない一言で定義してしまう。

どれほど美しく価値あるものを失えば、それらをあるがまま受け入れる判断力を持てるのだろうか。これからもきっと、「変だ」という言葉を何度も口にするはずだ。そのたびにその言葉を「特別だ」と置き換えるだけでも、もっと多くの美しいものを見つけて生きていけるかもしれない。

살아남다

生き残る

永遠にきらびやかなまま居座ることはできない

音楽業界に初めて足を踏み入れたとき、二十年目のキャリアを持つ音響エンジニアの先輩に「この業界で成功するためにはどうすべきか？」と尋ねたことがある。しかし、その答えは予想外に地味だった。

「生き残りさえすればいい。それが全てだよ。」

なんてつまらない答えだろう。「インスピレーションを求めて絶えず自由でいろ！」だとか、「こういう本を読んでみろ！」だとか、せめて自分の小さな武勇伝でも聞かせてくれると思っていた私はがっかりした。正直に言うと、その先輩がちょっぴり無能にさえ見えた。

「生き残る」という言葉は、次から次へとどっと押し寄せる困難に耐えるという意味に聞こえた。それは「どっと」と表現をするほど、くだらなくて取るに足りない姿が思い浮かぶ言葉だった。満員の船に強引に体を押し込み、卑しく航海する人の姿が思い浮かびもした。

だが妙なことに、その言葉は五年目、十年目になると、頭をよぎるようになった。私は「生き残る」ためにたくさんのことをした。「生き残る」という言葉には存在感なく、何とか足場を固めるという意味ではないことを、自分が生き残ったことで気がついた。

私が生き残ることができた瞬間がある。それは、良い歌詞を書き上げるために頭を絞って苦悩する瞬間を言っているのではない。それよりは歌詞が思うように出てこないときやスランプに陥ったときに、そういった状況から逃げ出さずに耐え抜く時間が、私が生き残るかそうでないかを決めてくれた。歌詞がうまく出てくるときは、この世に怖いものなどない。座っているだけで三つも四つも歌詞が浮かんでくるときは、仕事をするかしないかの選択の問題だけだから悩むことはない。問題は、そんな理想的な状態がずっと続くわけではないということだ。

その実体が何なのか解明さえできない「勘」が鈍ると、創作をする人間はどうしようもなくなる。勘というのはそれがあるときは勘が通用する「とき」があるだけで、年を取ると新しい世代の目には古くてダサく見えるのが、まさにこの「勘」の特性だ。トレンドを把握するための代表的な指標はファッションだ。九十年代八十年代のファッションに縛られたスタイルには、その時代が印章みたいに刻まれている。ファッションのように目には見えないけれど、時間の流れに敏感に反応するのが「言語」だ。若いときに書いた歌詞と、若い歌詞を書こうとしたときに出てくる言葉の質感は明らかに違う。

年を重ねるとともに、自分の言語もまた成熟していくことを認めた瞬間は、当然ながら喜ばしいものではなかった。自分を恥じ入りながらも、認めなければいけなかった。振り返るのは容易だが、いざぶち当たると困難だったのは、「認める」ということだった。自分の限界を感じ、これ以上力で押し切るのがやせ我慢でしかないことを認めること。しかし、年齢を重ねたからこそ書けるストーリーがあった。感覚的な歌詞でこれ以上の代表作を生み出せないのであれば、私にはどんな話が書けるだろうか。悩みの視点を変えると、また走る力が湧いてきた。そのころに生まれたのが、イ・ソニの『그《ク》 중에《チュンエ》 그대를《クデルル》 만나《マンナ》 その中であなたに出会って』のような、ターゲット層が少し高めの歌詞だった。その歌がヒットし、また自信を取り戻すと、自分だけの新たな幕開けのように感じた。

そして、できることならいい人になろうと努力した。音楽も結局のところは人間の営みだ。仕事はできるのに人格に問題がある人たちが、前述した「勘」が鈍くなると同時に取り残される姿を数えきれないほど見てきた。

けれど、才能ある人が成功しているときに悪者になるのは、その人の本性のせいではないときもあるから、非難だけするわけにはいかない。仕事がうまくいっているときは、いつもより数十倍、数百倍もの人たちがまわりに集まり、そのうちのほとんどが害のある人だから、ハリネズミのように身を守るために鋭くならざるを得ないことを、私は知っている。

自信というのは、適度に抑制しなければ傲慢になりがちだ。このバランスを保つことは思った以上に難しい。過去に失敗したとしても、もう一度求められる存在になりたかった。一度や二度の失敗で、永遠にチャンスが訪れないのが業界の厳しい現実だから。いい人になりたいという気持ちの裏側には、生存本能があるのかもしれない。

最後は、プライドを捨てないための努力だった。無礼なクライアントに対して厳しい一言が言えずに笑ってしまった瞬間、音楽業界の経験が全くない金持ちの制作者が歌詞を（赤いペンで線を引きながら）ああしろこうしろと言ってきたとき、その要求を受け入れるふりをした瞬間がどれほどたくさんあったか……。

どんな仕事でも、いいクライアントとだけ働くことなどできない（振り返ってみるとそれは幸運に近い）。

特に、その作品が自分のキャリアにとって望ましいものであればなおさら。

十五年ほど前に業界の中心にいて、今も変わらずその地位にいる人をたくさん知っている。他の部門の仕事を理解し、尊重し、配慮する能力を持っている人たちであり、思い浮かべると心地よい存在というのが共通している。

また、プライドがぼろぼろになったとしても、自尊感情はしっかりと保てるオーラを持っている。勘というのは、クリエイティブな業界にだけ該当するものではない。どんな仕事であれ、その能力が光り輝くときがある。それがまさに勘がはたらくときだ。勘は永遠ではないが、一度失われたら二度と戻らないわけでもない。大切なのは、勘が再び戻ってきたときに、それを生かすチャンスが訪れるかどうか、そしてそれは自分がどう生きてきたのかにかかっているということ。


私の過去にも卑屈で悲惨だった瞬間がたくさんあった。そこまでやる必要があるのかといった視線もきっと多かったはずだ。大切なのは、光り輝く才能だけでは「生き残る」ことが不可能だということ。サークルの線の外に出るとゲームオーバーとなる中で、場末に追いやられてふらつく瞬間があった。きっと、これからもそういう瞬間があるはずだ。そのときに、みすぼらしくも両手を振り回してバランスを取ろうと努力すること、そのぶざまな瞬間に恥ずかしさから一線を越えてしまうと、一時的にかっこよく見えてもそれ以上のプレーヤーにはなれない。

忘れてはならないことは、長い時間を生き抜く中で、少しずつ訪れる悲惨でみすぼらしい瞬間は、醜いのではないということ。そして誰しも永遠にきらびやかなまま耐え抜くことはできないということを。

창작하다

創作する

インスピレーションと体力の緊密な関係

「インスピレーションはどこから受けますか？」

これは創作を生業とする人が、おそらくいちばんよく耳にする質問だ。これを聞かれるたびに困惑した。ぼそぼそと「実はインスピレーションって大したものじゃないんです」と言いつつ、その都度説明するには難しく、本当に多様なルートでそのときどきにインスピレーションを受けてきたからだ。

だが、最近は明確になった。だから自信を持って答える。

「インスピレーションは体力からやってきます」と。

二十代はもちろん三十代半ばまでは、インスピレーションは様々な場所で得た感覚が私自身と出会い、生まれるもの、つまり自分自身から湧き出るものだと信じていた。三十代半ばを過ぎるころ、以前のように歌詞がすぐに出てこない時期があった。私はこのとき、傲慢にも「勘が鈍ったんだな」と思い込んでいた。

そうでないことを悟ったのは、謙虚になるのと同時に安堵感が得られてからだった。運動を始め、健康的な食事をとり始めると、以前の感覚が戻ってきた。考えてみれば、それは当たり前のことだった。

「脳」は体の一部であり、血液が循環し酸素が供給されることで円滑に機能するはずだし、丈夫な体が支える持久力があるからこそ「インスピレーション」が舞い降りたときにそれをつかみ取る気力が生じるのだ（健康が財産という言葉……「若者」に分類される年齢でその意味を理解するのは難しいだろう！）

インスピレーションだけだろうか。新しいことを始める意志、辛いことを肯定的に捉えるバイタリティ、新しいチャンスが来るまで待つ忍耐力……。結局のところ、これら全ては体力から生まれる。私たちにとっていちばん重要なものは、すでに手に入れていることが多い。ただ、それをどれだけ大切とみなし扱うかによって、明日、すなわち未来の質が変わってくるだけなのだ。

쳇바퀴를 굴리다

回し車を転がす

日常の繰り返しが教えてくれる特別な一日

「僕はほんとに馬鹿みたいに生きてきたんだね。回し車の中をまわっていたんだね」。

サニーヒルの『베짱이《ペッチャンイ》 찬가《チャンガ》 The Grasshopper Song』の歌詞の一部だ。自分の書いた歌詞だが、私自身は回し車の中で幸せを感じるタイプの人間だということを告白する。「回し車みたいに転がっていく人生（堂々巡りをする人生）」という言葉は、たいてい悲観的な意味合いで使われる。それは、何ごとも一度「パターン」が作られると、新鮮さが失われてしまうからだ。恋愛も音楽も、次が予測できてしまうと退屈になる。また、パターンが乱用され、クリシェ（決まり文句）が混ざり合ったドラマはヒットしない。

私たちが世の中をどう見るかは、意外にもこういった慣用句の影響を受けていることがある。「回し車」という表現が人生を悲観する用途で使われ始めたことで、「繰り返される人生」が、かっこよさも味気もない時間の連続だとみなされるようになったのではないか。しかし、回し車みたいな人生は本当に不幸なのだろうか。

人間は安定した生を享受するために今日という日を犠牲にしながらも、その安定が手に入った途端に疑念を抱く。私自身、回し車のように回っていくスケジュールの中で幸せを感じる自分がどこかダメみたいな気がして、こういった話をするのが難しいときがあった。遠くから見ると多彩に見えるかもしれないが、私の日常は曜日ごとに厳密に決められたルーティーンの繰り返しだ。もちろん、肉体的な疲労、この回し車にふと息が詰まることがある。そういうときにいつも思い浮かべるのは、あるとき悟ったこの考えだ。

「私はこの回し車を作るために一生懸命生きてきた」

予測不能な未来は、いざその場にいると暗澹とする。おそらくこれは私が冒険家タイプではない性格のせいもあるだろうが、不安のいちばん普遍的な原因は、予測できない未来のせいではないだろうか。だから私が変わっているわけではなさそうだ。ただ「回し車」という語感から、自由でいられるかどうか、それが違いなのかもしれない。

特別な一日は、平凡な日々の中で輝く存在だからこそ特別なのだ。毎日がスペシャルではいられない。大きく回転する回し車の中にいるからこそ、少しの間その場を離れるときのピリッとした刺激を味わえるのだ。まるで月曜日がなければ金曜日の待ち遠しさがないのと同じように。

영감

インスピレーション

幸運ではない忍耐が必要な日

インスピレーションは、閃光というよりも、むしろ四つ葉のクローバーのようだ。クローバーの群生があれば、その中には必ずと言っていいほど四つ葉のクローバーが一つは存在する。それを見つけることはとてつもない幸運のように思えるが、それはクローバーの前で腰をかがめ、目が痛くなるくらい探し続けた時間と努力の結果であるだけだ。

創作者たちは、歩いたり、話したり、YouTubeを見たりしている日常のどんな瞬間であっても、頭の片隅には「やらなければならないこと」の思考回路が絶えず動いているはずだ。そうしているうちに、何かがストーリーの始まりとなる要素と結びつき、アイディアが自然と湧き出てくる。

「一時間くらいNetflixを見ながらポテトチップスを食べていました。それから二時間くらい昼寝をしたのかな。その後は友だちと三十分くらいカカオトークをしたのですが、そのとき友だちが発した言葉からインスピレーションを得ました」と具体的に答えられないから、インスピレーションは常に要約されたかたちで伝わるのだ。だから「インスピレーションが湧かない」とすぐに挫折する理由はない。それは、たとえ劣っていたとしても、待っている者には必ずやって来るのだから。

기특하다

健気だ

自分の尊厳を培っていくこと

ガールズグループFin.K.L.（ピンクル）の『キャンピングクラブ』を見ているとこんな場面が出てきた。キャンピングカーを運転していたイ・ヒョリが、突然メンバーに話を切り出す。

「あのさ、さっき自転車に乗るとき、私がみんなに木陰で待つように言ったとき、私がちょっとだけ陰から出ていたこと、気づいた？　健気すぎるよね？　こういう健気な瞬間が増えると、それが自尊感情を育てている気がするんだ。」

文章にすると恩着せがましいと感じるかもしれないが、実際はイ・ヒョリ特有の大らかさが混ざった愉快な場面だった。自分が漠然と感じていたことを誰かが具体的に言葉にしてくれたときの喜び、それがこの場面だった。

単語は数年周期でトレンドにのる。ヒーリングやウェルビーイングなどがその代表だ。時代が求める何かに名前がつけられると、その単語はしばらくの間、多くの文化を支配する。近ごろトレンドにのっている単語、それがまさに「自己肯定感」だ。

自尊心と自己肯定感のちがいは、個人主義と利己主義の違いくらい大きい。自尊心が傷つかないように耐える棒みたいなものだとすると、自己肯定感はくじかれる・くじかれないから解放された柔軟な存在だ。自尊心は守る・守らないの主体が外にあるが、自己肯定感の主体は内部に存在する。

だから、自分自身を健気だと感じる瞬間は、自己肯定感の通帳にしっかりと記帳されていく。善行には、誰かに見せるための欲望が付録みたいについてくる。それは幼いとき賞賛に慣れ親しんだ数多の人たちの自然な内省でもあり、決して悪いことではない。しかし善行が誰かの賞賛と取引される瞬間、自己肯定感の通帳には何も記帳されない。満足感や「わかってくれる」主体を他人に委ねることが危険なのは、このためだ。

私が思う自分が満ち足りた瞬間は、ものすごく些細なことだ。ゴミの分別をしっかりりすること、アルバイトさんの初めての失敗に対して、緊張を解くための優しい言葉をかけること、プラスチック削減のための運動に参加すること……。自分の尊厳を守るためには、決して大層なことだけが必要とされるわけではない。尊厳という言葉の重さのせいで、創氏改名に立ち向かい人権運動に一生を捧げるくらいにはならねばと思うかもしれないが、私の考える尊厳のある人たちは、日常の些細な瞬間に美しさを見つける人たちだ。

当たり前のことを、自分を褒めることなく達成したときの小さな喜びは、誰もが経験することだろう。だからこそ、自分自身を静かに励ます習慣を持ってみよう。

Radio record

私を守ってくれることば

2019年、夢見てきたラジオDJになった、
ときめきに満ちあふれた一年目。
ラジオ『キムイナの夜の手紙』で
リスナーたちと語り合った記録の断片。

결정

決定

みなさんは何かを決定するとき、どんなタイプですか。私の場合は、決めるのが難しすぎるときは、あえてシンプルな選択ができるようにするタイプです。たとえば何かを選ばなければいけないとき、選択肢をあえて増やさないようにします。特に結婚式のドレス選びは悩みがちですが、私は最初に訪れたところで、一、二回試着したものから選びました。また家探しも同様で、多くの物件を見てしまうと決断できないんです。だから、まあこの程度ならありがたく住めそうだし気に入ったなと思ったところにすぐ決めます。できるだけ予算に合った最善のものを選んで、問題がなければ次のオプションを見ないようにします。私なりの秘訣です。決められなくて困っている人は、こんなふうに時間を短縮してみるのもいいと思います。

사랑

愛

私は幼いころ父親のいない環境で育ちました。それが直接的な痛みや傷を残すことはありませんでしたが、そのことで恋愛がうまくいきませんでした。相手が少しでも子どもじみた姿を見せると驚いてしまったり、相手に大人らしさを強く求めたりもしましたね。でも自覚し始めてからはそういった問題はなくなって、「ああ、私が恋愛するのに問題があるんじゃなくて、私の内面の問題が恋愛を通して表面化していたんだな」ということに気づきました。だから私がいろんな人に恋をしてみてと話すのは、ただ甘美なものだからではなくて、自分自身の内面、特に見過ごされがちな部分を引き寄せ、理解する行為がまさに恋愛だからです。どんな形の愛であれ、その本質は同じです。ロマンティックなものであろうとなかろうと、恋は自分自身とまっすぐ向き合うようにする行動だと思います。

취향

趣向

男性と女性がソゲッティン（訳注：一対一の紹介）で出会いました。初めての出会いはぎこちなかったものの、二度目は映画館で会いました、お互い気を遣いながらようやく映画を選び、スタッフに尋ねられました。「どの席になさいますか？」と。すると、二人は口裏を合わせたかのように同時に「いちばん前の席にしてください」と答えたそうです。だからでしょうか。その日から二人はカップルとなりました。心が通じ合う瞬間は、実は些細なできごとから生じることが多いですよね。自分だけの特別なことだと思っていたものが、他の人と共有できることを発見したとき、心は自然とほぐされます。

오류의 원인

過ちの原因

過去の過ちをそのままにしておくと、その過ちが徐々に大きくなっていきますよね。それはまるで巨大なシンクホールが形成されていくようなものです。みなさんはどのような対応をしますか。過去を覆い隠すタイプですか、それとも正面突破するタイプですか。でも過去を正面突破したり覆い隠す以前に、何が問題か、それがどこから来たのかを理解することがいちばん重要ですよね。その瞬間は覆い隠したくても覆い隠せない気がします。でも本当にしんどいのは、自分が過去にいつ過ちを犯したのかがわからなくて自分自身を省察するとき、問題の発生時点が混乱することです。

私は今もたくさんの瞬間に出会います。「ああ、私が傾いてるのはあのときから始まったとも言えるな」とか、「ああ、でも私のこのろくでもない面は、このあたりから派生したのかな？」「自分の力が至らないことを認める気持ちは、たぶんこのころに出てきたんじゃないか？」と考えていると、全部つながるんです。

その瞬間に探究を始めることはできないかもしれませんが、そうやって自分を理解することで、様々な問題の解決策を探るのに役立つ気がします。

사랑의 과정

愛の過程

恋愛の全体像、つまり愛し合い、別れると言う過程は、私にはタンゴのように感じられます。一定のパターンの中で踊りながら、リズムがずれたり、ものすごく楽しげなメロディの中に突如として悲しみがあふれだしたり……。有名なセリフもありますよね。

「失敗して足がもつれたりステップがもつれること、それ自体もタンゴだ」

だから恋愛で失敗したみなさん、その失敗さえも次の愛が始まる一つの欠片だと捉え、「そうよ、見方によっては私たちみんなタンゴの中に住んでるんじゃない」と考えるのはどうですか。

나를 살게 하는 존재

私を生かす存在

重力がないと、人は空中に浮かぶしかないですよね。つまり、重力こそが私たちを「生かしてくれている」わけです。私はときどき、私だけ重力から解放され、果てしなく空高く舞い上がる夢を見ます。怖すぎますよね。理系の人からすれば、この話は理解しがたいかもしれませんが、私は重力と言う作用が必ずしも地球だけに限らず、「ある人が私の足を地につけて生きる力を与えてくれる存在」であると考えています。月と地球、あるいは物体と物体の間に存在する張力は、人の縁とも関係あるんじゃないか、そんな気がするんです。

연인

恋人

完璧な人なんていません。ご存じですよね。だからお互いが不完全ながらも、パズルのピースみたいにぴったりとはまり合う存在、それが恋人だと思います。

반복되는 하루

繰り返される毎日

今は繰り返される毎日が嫌かもしれませんが、実際に繰り返されるのって日が昇る位置、時計の中の数字だけです。それ以外は毎日が完全に新しい一日なんです。新たな一日が訪れるって、改めて考えるととてもありがたいことじゃないでしょうか。それに新しいチャンスみたいに新しい一日が絶ず訪れること、それ自体が奇跡みたいだ。こんなふうに思いながら日々を過ごしています。毎日が新たな一日として訪れると考えてみるのはどうでしょうか。

포기하는 용기

諦める勇気

思い切って全部手放す選択ほど、勇気が必要です。何かを推し進めることより、一度立ち止まって考え直し、誰かのアドバイスを聞いて、それを思い切って撤回するほうが難しいんです。「手を付けていたから」と思って走りだしながらも、「ああ、そうだ。私の今のこの選択が正しくないこともあり得る」とパッと引っ込められることもまた勇気なんです。

행복

幸せ

私はいつも、幸せは雑にひきちぎって食べるスナック菓子みたいに小さな小さなことから感じられてこそ本当に幸せで、小さな幸せを感じるにはトレーニングが必要だと思っています。だから「お？　私、今幸せな気がする！」と思いながら、その幸せな瞬間を全身で覚えておこうとするんです。その瞬間を後で思い出すかどうかは重要ではありません。たとえば、天気が良い日に歩いていると、ふと大好きな歌が偶然どこからか聴こえてきたとき、その瞬間がものすごく幸せだったりもするじゃないですか。また名前も知らないカフェで、おいしいラテに出会ったときも、「ああ、今この瞬間を絶対に忘れちゃダメ！」と思い、その瞬間を肌で感じ取るようにしています。

最近、幸せじゃないなと思っている方たちは、すぐそこに紙切れみたいな小さな幸せがあるじゃないですか。それをちぎってもぐもぐ食べたらいいと思うんです。

음악

音楽

音楽はときとして魔法のように感じます。パンを買いに出かけて家に帰る途中、大好きな音楽が流れてくると、その場所がまるでミュージックビデオになるんです。なにげない一日が、その一曲によって映画のワンシーンのように変わるんです。

향기

香り

香りには記憶が結びつくとよく言われますが、だからなのかアカシアの香りをかぐと、爽やかな風が吹く五月の天気が思い出されます。こうやって香りを通して感情や記憶が鮮やかによみがえる現象をプルースト効果と言うそうです。香りが記憶倉庫のドアを開ける鍵になってくれるんです。

今、どんな香りが思い出されますか。良い記憶が積み重なった場所で繰り返しかいだ香りは、それだけいい記憶として残る気がします。

성장

成長

　自分が何者でもないことを悟って初めて、私たちは何かになれるんです。「何でもうまくいく気がする」と思って自分の能力の限界に直面するまでは、未来を描くことはできません。やりたいことが何かもわからないし、どの部分が足りなくてどの部分が優れているのか見つける機能が作動しないんですよ。でも「ああ、私って何者でもないんだな」と自覚したときにそれが見え始めます。これは何度も繰り返されるかもしれませんが健全な現象だと思います。そうやっているうちに何かになって、ときには何者でもなくなって。この繰り返しが、人間が経験しなければいけない美しい道理の一つじゃないかと思います。

잡초

雑草

私たちはよく、作物の成長を妨げたり見た目がきれいじゃない草を雑草と呼びます。でもインディアンの言語には雑草と言う概念が存在しないそうです。彼らは全ての植物や動物には魂が宿っており、ありとあらゆるものには存在理由があると考えていたそうです。だから作物と雑草を分けると言う考え方がなかったんです。

生きていると、「私って雑草みたい」と感じるときがあります。自分を必要としてくれる人なんていないないと感じたり、自分が何の役にも立たない人間になった気分……。そういうときはインディアンの考え方を思い出すのはどうでしょうか。彼らの基準で見たら、世の中に存在理由のない生命なんてないはずですから。

통증

痛み

痛みにはいろんな種類があります。その多くは病院で治療してもらえば状態がよくなるわけですが、痛みを重ねることでよくなる痛みもあります。それが「筋肉痛」です。痛みがとてもひどい部位を触ると、痛いながらも妙な爽快さが感じられたりもします。そうやってしっかり揉んでいると嘘みたいに痛みが消えていきます。

心にも筋肉があると考えるなら、心の痛みも筋肉痛と同じようなものなのかもしれません。ただ避けるのではなく、その痛さを楽しむんです。

深く苦しむことで、逆にスッキリするかもしれません。筋肉痛になったとき、みなさんはどうしますか。私は運動をして筋肉痛になると、とても気持ちいいんです。だから、痛いところをわざとずっとストレッチをして押さえながら痛みを確かめて、昨日自分が運動したことへの満足感を味わいます。痛みが強すぎるときは、運動すると和らぐんです。

そういった意味でも痛みが痛みに打ち勝つような気がします。それに実際、心の痛みがやってきたときに内心それを喜ぶ人もいます。

私は、春がやってきたときはドキドキ感がなくなって少し寂しく感じますが、秋になると切なさが増します。うら寂しくてひりひりする気持ちが感じられると、「ああ、よかった。まだ感情が生きてる」ってなるんですよね。

나무늘보의 생존법

ナマケモノ

この世でいちばんのろまな動物として知られるナマケモノは、一日の大半を木の上で過ごします。動きも遅いし筋肉量が非常に少ないせいで、ほとんど移動することはありません。こんなに怠惰なナマケモノが野生で生き残る秘訣は何でしょうか。答えはシンプルです。一週間に一度排便を除いては、ぜったいに木の下に降りないこと。つまり誰からも興味を持たれないことが、ナマケモノの生存戦略なわけです。まわりの人のスピードに合わせてせかせか生きなくてもいいし、何もしていないからといって罪悪感を持つ必要もありません。孤立すればするほど、それが生存の武器になるナマケモノの世界……。ときどきは世界一のろまなナマケモノみたいにゆっくりゆっくりと生きてみたいものです。

気持ちが乱れるとき

私は気持ちが乱れると深呼吸するのですが、それにものすごく助けられるときがあるんです。ただ自分の呼吸に集中するだけで、心のモヤモヤが和らいで、「今なぜ混乱していて、どうしてどきどきするのか、なぜ不安で焦っているのか」がパッと思い浮かぶ経験を何度かしました。私はプロの瞑想家ではありませんが、つらいときは静かに頭の中でイメージを描きます。海の中に海藻に絡まって動けなくなった自分が、足でそれを蹴り上げて泳ぎ出すイメージをするのです。そうすると、心の状態が全身に影響を与えるみたいに、その悩みを外へ追いやる気分を味わえることがあります。思考がもつれてその中にがんじがらめになったときは、この心状トレーニングを一度試してみることをおすすめします。

완벽의 비결

完璧の秘訣

ピクサーという世界的なアニメーションスタジオの創業者であるエド・キャットムル。彼に「毎回完璧な作品を生み出す秘訣は何ですか？」と尋ねたところ、その、答えは意外なものでした。

「どんな作品でも、最初はつまらないものばかりです。毎日の会議で出されるアイディアも実際にはほとんど使えません。でもそれは問題ありません。アイディアを出し続けて修正を重ねることで、徐々に洗練されていきますから」

実際、ピクサーでは、はじめに出たアイディアのほとんどを捨てるそうです。いちばん最初に思い浮かんだアイディアは、誰もが考えつくありきたりのものだからです。彼らから学べることは、完璧な作品を作り上げるために必要なのは、特別な才能ではなく情熱と根気だということです。

위로

いたわり

人々が励まされる曲のスタイルにはいろんな種類があります。たとえば「うまくいくよ」「大丈夫」「今君はとても美しい」「君は輝いてる」といったポジティブなメッセージを伝える曲もあります。一方で、まるで自分の話かのように「今ものすごく平常心でいたいけど、やっぱり悲しみと向き合うしかない」みたいに、やや現実的で痛みのある表現からも、不思議といたわりと共感を受けることがあります。

それが、あるとき私が作詞家として気づいたことでした。私もはじめは、いたわるためには常に良い話をしなければならないと思っていたんです。でも、そうではなくて、ときには歌詞が自分の話として受け取られ、苦しむ歌詞の中の人が自分と同じであると感じたとき、それがさらに慰められるんですよね。

설렘

ときめき

初めて出会った相手に対するときめきは、心地よい緊張感を生み出します。その人の影響でとてつもなく大事なことを諦めたり、後悔するような事態が生じるシーズンってありますよね。それはまるで、お祭りで花火が上がる瞬間みたいにいちばん華やかなときです。だけど実際そんなときめきが続くのは、人間の性質上不可能なんです。ときめきは緊張感からくるもので、その緊張感はお互いに未知の部分を予測できないことからくる不安に起因しています。

逆に言えば、不安定な関係が続くからこそときめきが生まれるのです。それはコインの裏表みたいな気がします。ときめきは、振り返ったときにはとても美しくピュアでしっとりしたもののように思えますが、実際には良い日もあれば苦しい日もたくさんあります。なぜなら全部が不確実で、相手の気持ちがわからず、今日の気持ちと明日の気持ちが別ものみたいに感じられるからです。そんな中で苦しがってばかりもいられません。愛とは「ときめきに最善を尽くすこと」だと言う人たちもいますが、それは過度に期待を持つようだし、私はそれが愛の一部分だと思います。愛は絶えず変化しながら多様な顔を見せてくれる気がするんです。ときめきというのは、過ぎ去ったあとには美しい表面だけが思い出されますが、後ろの面には数多の不安な夜や食欲がなくて食べられなかった晩御飯なんかが確実にあるはずです。

약한 모습

弱い姿

「ほんとはものすごく気が弱いでしょ？」というような言葉は、自分の心が見透かされているように感じます。こういうことを言うと、たいていはどうしてわかったのかと驚いたりしますよね。これは、誰もが他の人に知られている自分の姿より弱い部分を持っているということでしょう。でも他人が自分についてどれほど理解しているかはわからない一方で、自分がどれほど強いのかをときどき忘れてしまう気がします。

不可能を可能にすること

今年十二歳になったチョン・イス君は、八歳の冬休みに初めて童話を描いたちびっ子画家です。チョン・イス君が十歳で描いた絵の中では、ライオンと鹿が仲良く走りまわり遊んでいます。その絵を描いた理由について聞かれると、彼は次のように答えたそうです。

「これは愛がテーマの絵です。もともとライオンは鹿をつかまえて食べるじゃないですか。だとすると、この絵は現実ではありえないですよね？　でも愛は不可能を可能にすると思います」

十歳の子どもの目に映った愛とは、そういうものなのでしょう。不可能を可能にする力、それが愛です。愛の名のもとに、大人たちは何度も計算を繰り返します。それは少し恥ずかしくなります。

걱정

心配

心配事が取捨選択できるものなら、私も無駄な心配なんてしないほうがいいと思います。実際、心配のほとんどは、ただ心配することで解決するものではありません。むしろ、明確な問題がある場合は、解決のために行動を起こすから、静かにぼーっと心配にとらわれている暇すらありません。本当のところ、いらない心配がほとんどですよね。私もそれをわかっていながらも、ときどき考え込んでしまい、手の付けようもないほど深みにはまり込むんです。それは重力があるんだと思います。だから心配って、何もしなければ百パーセント徐々に沈殿するしかないのに、「ああ、こうじゃない。これは私の考えだよね」と自分自身を説得して立ち直ると、驚くほど心配事は消えていきます。どのみち人生は自分の思いどおりにはいかないでしょう。だったら自分の考えくらいはコントロールするべきですよね。心配事の一つくらいは解消できる人にならなければいけないと思います。

실연

失恋

二〇〇七年、ウォン・カーウァイ監督の作品『マイ・ブルーベリー・ナイツ』に出てくる場面です。

その日の営業が終わったあるカフェで、女は失恋した理由を探しています。男は特別な理由がなくても別れられると彼女を慰めますが、彼女の考えは断固としています。「全てのものには理由があります。このパイだってそう。毎晩チーズケーキとアップルパイは売り切れるけど、このブルーベリーパイは売れ残ってるじゃない」と彼女は言います。男性は彼女の言葉に対して「ブルーベリーパイは悪くない。みんなが選ばないだけなのに、パイのせいにしちゃダメだよ。別れって必ずしも誰かが悪いから起こることではないし。ただ気持ちが終わっただけだから」と答えます。

選ばれなかった事実、そして（一度）選ばれた後で元に戻った気持ち、それは確かにきつくはあるけど……。それは自分に何か問題があるからではありません。ただ心の温度が冷めていくスピードが、お互いに合わなかったときに起こることなんです。

조심성

慎み

五十代以上の人たちを見ていると、何だかかっこいいと感じる部分があります。それは意外にもちょっと恥ずかしがったり、ある部分において羞恥心があることです。そういうのって、年を重ねると少しずつ鈍くなる部分ですよね。センスというのは慎みでもあるから、他人の目を過度に気にするのもダメですが、ほどほどの慎みは生命力に満ちた大人をつくり出す原動力になる気がします。

일탈

逸脱

逸脱と言えば、社会的規範から外れた否定的なイメージを思い浮かべがちですよね。でも、アメリカのある心理学者は「些細な逸脱をしなさい。そうすれば幸せになれる」と言って、逸脱の重要性を強調しています。いつも食べているものではない新しい食べものに挑戦したり、一度も聴いたことのないジャンルの音楽を聴いてみるといった些細な逸脱が、単調な日常に新たな活気をもたらすとのことです。私たちも明日くらいは、退屈な日常の味付けになるくらいの小さな逸脱を考えてみましょうよ。通勤時にはこれまで聴いたことのない新しい音楽を聴いて、ランチには一度も食べたことのない新しいメニューにトライしてみるんです。

낭만

浪漫

私は「浪漫」という単語が、古風な感じから「誰も行かない喫茶店」のような古い単語と思われることに腹が立っていたんです。でも、浪漫とは自分の感情や幸せに忠実な単語です。「世の中の常識はこうだから私の役割はこうあるべきだ」といった束縛からもう少し自由になって、自分だけの世界を描くという意味なんです。風通しをしなければ「この単語の本来の意味って何だっけ?」となるような、とても素敵な単語があります。浪漫もまたそういう単語だと思います。

후회

後悔

最近した後悔には、どんなものがありますか。昨日選んだ夕飯のメニューから、人生を揺るがすような決断まで、私たちは一日に多くの選択をします。そして、その選択のほとんどには後悔が伴います。特に選択肢が多いほど、後悔も大きくなります。自分が選択しなかった数多の可能性と進まなかった道への心残りが合わさって、頭の中をしきりにかき乱すんですよね。でもある作家の言葉を借りると、何か一つを選ばなければいけないとき、人間は本能的に最善の選択をするそうです。振り返ってみると後悔しかない選択も、「そのときはいちばんましな選択だった」わけです。もし後悔だらけの夜を過ごしているなら、少し立ち止まってみましょうか。そのときはそれが最善だったはずですから。

Lyrics

心に宿る歌詞

たくさんの歌詞を作ってきたが、
実際に発表された曲はほんの一部だ。
未発表曲の中で個人的に気に入った歌詞を集めた。

味方

どれほどわかっていなかったのか
少しわかる気がする
また負けてしまう私だってことが
わかる気がする

ようやくもたれ方が
少しわかった気がする
どうすれば少し力を抜けるのかも
私のそばにいてほしい

私がなんでもないときに
説明なんかなくても
私の味方になってほしい

ときめきは私にとって不安だから
いつも怖かった
いちばん楽な呼吸で愛するわ

私のそばにいてほしい
私の呼吸が苦しいときに
静かにとんとんしてくれる
私の味方になってほしい

私がさ迷っているときは
私の両手をぎゅっと握って
君の胸にあててくれればいい
もう一度リズムを探すみたいに

편

얼마나 많이 몰랐었는지
좀 알 것 같아
또 넘어질 나란 걸
알 것 같아

이제야 겨우 기댈 법을
좀 안 것 같아
어떡해야 힘을 좀 빼는지도
그때 나의 곁에 있어줘

내가 아무것도 아닐 때
아무런 설명 없이도
나의 편이 돼줘

설렘은 내게 불안이라서
늘 겁이 났어
가장 편한 숨으로 사랑할래

그때 나의 곁에 있어줘
내가 가쁜 숨을 내쉴 때
가만히 토닥여주는
나의 편이 돼줘

내가 많이 헤맬 때면
나의 두 손을 꼭 쥐고
니 가슴에 올려주면 돼
다시 리듬을 찾도록

ずっと私の味方でいてほしい
嬉しいときは一番になってほしい
最後に呼べる
そんな名前になってほしい
全部に見捨てられたみたいな夜、私の味方になってほしい

오래 내 사람이 되어줘
기쁠 때 맨 처음이 되어줘
맨 끝에 부를 수 있는
그 이름이 돼줘
전부 등진 것 같은 밤 , 내 편이 돼줘

黒い月

涙がすっと流れ
心がどよめくように
一歩、一歩、ゆっくりした悟り
私は何をしていたのかな

心にもない言葉
腹いせにつっけんどんに投げてしまった瞬間
深いひびが入った君と私の宇宙に
受け取る光のない　ぐるぐる回る場所のない　黒い月のように

一人では暗すぎる
私はまだ知らなかった、あの遠くにぐるぐる回る　あの月のように
私は君がいないと何一つ輝かない、
過ぎ去っていく星でしかないことを

一日がまた終われば
あの太陽はまた昇っているのに
私の時間だけ止まってしまったみたい
ここにいるのに誰も知らない黒い月みたいに

かなわぬ縁だったなら
むしろ君を知らないまま　幸せを知らないまま
ただ生きていたはずなのに

昼間の月みたいに
私以外はみんな楽しそう
一人辛すぎても誰も知らない　あの月みたいに
私は君がいないと何一つ輝かない、過ぎ去っていく星でしかない

까만 달

눈물이 툭 흐르고
마음이 쿵 울리듯이
한 발 , 한 발 , 느린 깨달음
내가 무슨 짓 했었던 거야

마음에도 없는 말
홧김에 툭 던져버렸던 순간
깊은 금이 간 너와 나의 우주에
받을 빛이 없는 맴돌 곳 없는
까만 달처럼

혼자서는 너무 어두워
나는 미처 몰랐었어 , 저 멀리 맴도는 저 달처럼
난 니가 없이는 하나 빛나지 않는 , 사라져가는 별일 뿐인걸

하루가 또 지나면
저 해는 또 떠올라 있는데
나의 시간만 멈춰버렸나 봐
여기 있는데도 아무도 모를 까만 달처럼

닿지 못할 연이었다면
차라리 널 모른 채 행복을 모른 채
그저 살았을 텐데

한낮의 달처럼
나만 빼고 모두 즐거워
혼자 너무 서러워도 아무도 모르는 저 달처럼
난 니가 없이는 하나 빛나지 않아 , 사라져가는 별일 뿐이야

ほんと

ほんといろんなことがあるって思う
生きていくってほんとにわからない
永遠に続くと思った痛みが思い出になって
嫌いだった人が友だちになって

気にもならなかった
君を好きになったり
流し聞きしてた昔の歌が気に入ったり
もしかしたら私は今も
Um~
変化してる

世の中ってほんとわからない
それってほんとありがたいこと
一日一日　新しいことが
わかるようでわからないようで
今も私はときどきはときめくから

最近はこんな色が好き
似合ってるって声ににっこりしちゃう
ひときわややこしかった部分は柔軟に
避けてたことをやりとげることもある

私をいちばんわかってなかった私
私をおろそかにしてた私
見ることができなかった表情で私に挨拶する
鏡の中の私の顔が悪くない

참

참 별일 다 있단 생각을 하지
살아가는 일이란 참 모를 일이야
영원할 것만 같았던 아픔이 추억이 되고
미워한 사람이 친구가 되고

궁금할 것도 없었던
널 사랑하기도 하고
흘려듣던 옛 노래가 마음에 들어오고
어쩌면 나는 아직도
Um~
변하고 있어

세상은 참 이렇게 모를 일이야
그게 참 고마운 거야
하루하루 새로운 게
알듯 말듯 하기에
여전히 난 가끔은 설레이니까

난 요즘에 이런 색깔이 좋아
어울린단 소리에 웃음이 나더라
유난히 까다로웠던 부분은 유연해지고
피했던 일들을 해내기도 해

날 제일 몰랐었던 나
나에게 소홀했던 나
보지 못한 표정으로 나에게 인사하는
거울 속에 내 얼굴이 나쁘지 않아

外国語

外国語ができません
韓国語もこんなに難しいのに
私はまだ完璧な言葉がつかえません

昨日も自分勝手に解釈したあなたの言葉に
一日中そわそわしていたのよ
こうやって遅まきに気づいた夜はとくべつ長いです

まるで外国語みたいです
私をとりまく人たちはみんな
私にわからない言葉ばっかり取り出して

もしかすると言葉はそれぞれが描く絵
みんな永遠に互いを理解できない
考えてまた考え抜くと
それを愛と呼ぶのでしょう

いちどはいちばん正確な言葉を見つけて
細くとがった棘を差しだしました
こんなバカみたいに悪いことをした夜はうんうん苦しむのです

외국어

외국어를 못해요
한국말도 이렇게 어려운데
나는 아직 완벽한 말을 할 줄 몰라요

어제도 내 멋대로 해석한 그대의 말로
온종일을 들떠 있었죠
이렇게 뒤늦게 깨닫는 밤은 유독 길어요

외국어만 같아요
나를 둘러싼 사람들 모두
내게 알 수 없는 말을 자꾸 건네요

어쩌면 말이란 건 각자가 그리는 그림
우린 영원히 서로를 이해할 수 없어
헤아리고 또 헤아리면
그걸 사랑이라 부르죠

한번은 가장 정확한 말을 찾다
뾰족한 가시를 줬어요
이렇게 바보처럼 나빴던 밤엔 끙끙 앓아요

幸せそう

幸せそう、最近の君、そして横のあの人
とってもお似合い
私が挨拶しなかったのは君のため　うまくやったよね、そうよ

気になってた、私のいない君、
もしかして私と同じじゃないかって
そう　私って笑っちゃうよね
いつか君は言ったよね、この世のものはぜんぶ
過ぎ去るって

また別の愛が来たら
君が僕を忘れても僕は君を忘れたらいけないって
その悲しい冗談の中に私は閉じこめられてた

また別の愛なんて
考えるのも嫌だって言ったそのときの君を私は忘れられなかった

はじめみたいに死ぬほど辛かったり寂しくはないの
私にとって君は習慣になってたみたい
胸にときどきギュッとくるから　君との記憶が乗り上げて
重たいだけ

좋아 보여

좋아 보여 , 요즘의 너 , 그리고 곁의 그 사람
예쁘게 어울려
나 인사하지 않은 건 널 위해 잘한 거 맞지 , 맞아

궁금했어 , 나 없는 너 , 혹시 나랑 같진 않은지
그래 나 웃기지
언젠가 너는 말했지 , 세상의 모든 건 결국
지나간다고

또 다른 사랑이 오면
넌 날 잊어가도 나는 너를 잊음 안 된다고
그 슬픈 농담 속에 난 갇혔어

또 다른 사랑 같은 건
생각하기 싫다던 그때의 너를 난 잊지 못했어

처음처럼 죽을 만큼 힘들거나 슬프진 않아
내게 넌 습관이 됐나 봐
가슴에 가끔 턱 - 하니 너와의 기억이 얹혀
무거울 뿐이야

実存（君、今、ここ）

ここに　この場所に
この瞬間こうやって
私が呼吸してる
私は昨日のその場所に
またその瞬間　そうやっては
だから私はいないんだな

どうやって君を好きになったのか
この気持ちがどんな道へ行くのか
今は話せないけど
今鮮明なのは

Love、確かじゃないすべての隙間に
一人確かなもの
Love、全てがもつれた私の中に
君の姿

私たちの明日を話さないで
どうか今をこぼさないで
Why don't　we simply kiss
もう一度できないことみたいに
Love、君を今この瞬間に

この中に　この場所に
私という世界に
君が呼吸してる
君の中に　その場所に

실존 (너, 지금, 여기)

여기에 이곳에
이 순간 이렇게
내가 숨을 쉬고 있어
난 어제의 그 곳에
또 그 순간 그렇겐
그래서 나는 없는걸

어떻게 널 사랑하게 됐는지
이 마음이 어떤 길로 갈 건지
나는 지금 말할 수가 없지만
지금 선명한 건

Love, 불분명한 모든 틈에
혼자 분명한 것
Love, 모든 게 엉킨 내 안에
너의 모습이야

우리의 내일을 말하지 마
지금을 부디 흘리지 마
Why don' t we simply kiss
다신 못할 것처럼
Love, 너를 지금 이 순간에

이 안에 이곳에
나라는 세상에
네가 숨을 쉬고 있어
니 안에 그 곳에

君という世界に
私が呼吸してたらいいな

どうやってここまで来たのか
この先二人が笑うことになるのか
全ては演技みたいにぼうっとしてるけど
鮮明なのは

너라는 세상에
내가 숨을 쉬고 있기를

어쩌다가 여기까지 온 건지
이 끝에서 우린 웃게 될 건지
모든 것은 연기처럼 희미하지만
선명한 건

雨でも降れば

雨でも降れば、いっそましなんだろうけど
まばゆい陽の光だけ
君の手を握れば、あなたの名前を呼べば
その心すこしは和らげられるかな

一日で何ができるかな
君は明日私の元を去りそうなのに
何でもいいから頭に浮かべなきゃ
白い嘘でも大丈夫

今日の夜　君の夢に入り込む
私との楽しかった日々を見せたら
目覚めたら君の気持ちが変わっているかも
知ってるの　バカみたいな想像だってこと
私寝たくない、明日が私には
生涯でいちばん悲しい一日になること知ってるから

雨でも降れば　涙を隠せば
いっそましなんだろうけど、まぶしい陽の光だけ
君の手を握れば　君の名前を呼べば
その心すこしは和らげられるかな

いい恋ができたから大丈夫、君が私の初めてだったから大丈夫
一秒おきに私が私を慰めても
またどうにかしてみたい
忘れられない人になるのなら、また私がなつかしいかもしれない
さよならは永遠のさよならじゃない

비라도 내리면

비라도 내리면 , 차라리 나을 것 같은데
눈부신 햇살만
니 손을 잡으면 , 니 이름 부르면
그 마음 조금은 늦출 수 있겠니

하루 만에 뭘 할 수 있을까
너는 내일 나를 떠날 것만 같은데
내 머리야 뭐라도 떠올려
하얀 거짓말이라도 괜찮아

오늘 밤에 니 꿈에 들어가
나랑 좋았던 날을 보여주면
눈뜨면 니 맘이 바뀔지도 몰라
알아 바보 같은 상상이란 걸
잠들기 싫어 난 , 내일이 나에겐
내 생애 젤 슬픈 하루가 될 걸 알기에

비라도 내리면 눈물을 감추면
차라리 나을 것 같은데 , 눈부신 햇살만
니 손을 잡으면 니 이름 부르면
그 마음 조금은 늦출 수 있겠니

좋은 사랑했으니 괜찮아 , 니가 나의 처음이었으니 괜찮아
일초마다 내가 날 달래도
다시 어떻게든 해보고 싶어
잊지 못할 사람이 된다면 , 다시 내가 그리울지도 몰라
안녕은 영원한 안녕이 아니야

知ってるの　一人だけの思いだってこと
可愛く笑おうか、冷たく振り向こうか
最後の私の姿　どう残せばいいの

あっちに会いたかった君が見えるわ
もう少しだけゆっくり歩いてくれない?
ううん、どうしてもう涙が出るのかな
どうして私にはもう申し訳なさそうに見えるのかな

알아 혼자만의 생각이란 걸
예쁘게 웃을까 , 차갑게 뒤돌까
마지막 내 모습 어떻게 남겨줘야 해

저기 반가운 니가 보이네
조금만 더 천천히 걸어주겠니
아니 , 왜 벌써 눈물이 날까
왜 넌 벌써 미안해 보일까

哀しい映画

哀しすぎる映画を観た
私たちの最後がこうじゃないことを
ほぼそれだけを考えてた

とっても素敵な絵を見た
君は私をこんな気分にしてくれると
足りない表現をかわりに伝えたわ

いいとき、悲しいとき、辛いとき
やっぱり気持ちが行きつくのは結局君
こういうとき　あるときに思うの
君を思い浮かべようと目を開けるみたいだって

解けない問題がある
君だったらどんな道へ答えを探しに行っただろう
そうすると少し答えが見えたりする

鏡の中にうつる私を見た
案外気に入ってかっこいいのは気分のせいなのかな
君の自尊心になりたい

슬픈 영화

너무 슬픈 영화를 봤어
우리의 마지막이 이렇지 않기를
난 온통 그 생각뿐이었지

아주 멋진 그림을 봤어
네가 내게 마치 이런 느낌을 준다고
부족한 표현을 대신 전했지

좋을 때, 슬플 때, 힘들 때
결국에 마음이 닿는 곳은 결국 너
이럴 땐 어쩔 땐 생각해
널 떠올리려 눈 뜨는 것 같다고

풀지 못한 문제가 있어
너라면 어떤 길로 답을 찾아갔을까
그러면 답이 좀 보이곤 해

거울 속에 비친 날 봤어
제법 맘에 들어 근사한 건 기분 탓인지
너의 자존심이 되고 싶어

草色の一日

また慣れ親しんだ季節が過ぎて
すこし馴染みのない風が吹いて
名前も知らない花が根を下ろし

私は精いっぱい手を振って
恥ずかしがりの葉っぱに挨拶をして
心地よく長い間い続けてほしい
私の心と大地に

雨が降ってももう驚きません
明日はもう少し大きくなるかな、届かなかった陽の光を
私は両手で抱くはずだから
今は私にいちばん似合う表情でいられる
穏やかな笑みが私の顔だってことを

くらくらするほど香わしい夜
目を閉じても春がわかる
見えないものの愛し方を
少しずつ学びながら

私にやって来る全部の朝に理由が見える
私は一人じゃない

長い夜は星を数えられるから　深い夢を見て
もっと遠いところが見られる私にまた会える
私にいちばん似合うリズムを胸の中に抱けば
それが私の息だということが今はわかる気がする

풀빛 하루

또 익숙했던 한 계절을 지나
조금 낯선 바람이 불고
이름 모를 꽃이 뿌리 내리고

난 온 맘으로 손을 흔들어
수줍은 잎에 인사를 하고
편해지길 바라요 오래 머물러줘요
내 마음과 땅에서

비가 와도 이젠 놀라지 않아요
내일 한 뼘 자라나 , 닿지 않던 햇살을 난 두 팔로 안을 테니
내게 제일 어울리는 표정을 이제 지을 수 있어
고요한 미소가 나의 얼굴인걸

어지럽도록 향기로운 밤
눈을 감아도 봄인 걸 알아
보이지 않는 것을 사랑하는 법을
조금씩 배우며

내게 오는 모든 아침의 이유들이 보여
난 외롭지 않아

긴 밤엔 별을 셀 수 있어서 깊은 꿈을 꾸어서
더 먼 곳을 볼 수 있는 나를 또 만나게 돼
내게 제일 어울리는 리듬을 가슴속에 품으면
그게 내 숨인 걸 이제 알 것 같아

喪失の段階

覚えてて、その日の痛みを
覚えてて、その全部の思い出

信じられない日もたくさん夜を明かしてみて
腹が立つ日もしばらく我慢してみたけど
淡々としてきた日も何日も続かず
仕方なく受け止める

私は君を忘れられない
この懐かしさと生きなきゃいけないことを
私は君を消せない
この喪失を私は受け入れる

これ以上忘れたいという言葉も、
我慢するという言葉も
意味のないことは言わないわ
君なしで生きるということが簡単なはずないじゃない
美しかった思い出の代償に

悲しみというのは
自分の思いどおり捨てられないことを学んだの
君がいないこの場所で

상실의 단계

기억해 , 그날의 아픔을
기억해 , 그 모든 추억들

믿지 못한 날도 수없이 지새워도 봤고
화가 나는 날도 한참을 견뎌도 봤고
덤덤해진 날도 며칠을 못 가고
마지못해 받아들여

나는 너를 잊지 못해
이 그리움과 살아야 한단걸
나는 널 지우지 못해
이 상실을 난 받아들인다

더이상 잊고 싶단 말도 ,
견디겠단 말도
의미 없는 말 하지는 않을래
니가 없이 산다는 게 쉬울 리는 없었잖니
아름다웠던 추억들의 대가로

슬픔이라는 건
내 맘대로 버릴 수가 없다는 걸 배운 거야
니가 없는 이곳에서

私に似た歌

みんなが笑う
私の涙を見ると
今がちょうど泣くべき時だと言って
大人になっているのだと

私の質問ってありきたりすぎて
返って来る答えが全部わかるからぐっと飲みこむ
そうよ、みんなそんなもの

Oh, every now and then
I see myself shifting into somewhere nowhere
私は静かに目を開けてそんな自分を見ようとする

こんな私がこらえるときの歌
迷子になるとやって来るメロディ
不安な日の自分にとても似てるから
どうか私を探せますように

ある日の遅い夜
もし私がつかむ所がなくてふらふらしているとき　私のために

遠ざかったら美しい日々
結局すべては時間が奇麗に上塗りしてくれることを待っているのね
君は自分が本当に望んでることって何だと思う?
それって正しいと思う?
Don't　let it go, don't let it go

나를 닮은 노래

사람들은 웃지
내 눈물을 보면
지금이 바로 울어야 할 때인 거라고 말하고
어른이 되는 거라고

나의 질문이란 것이 너무도 흔해
돌아오는 답을 난 이미 다 알아서 꾹 삼켜
그래 뭐 , 다 그렇고 그런 거지

Oh, every now and then
I see myself shifting into somewhere nowhere
나는 가만히 눈 뜨고 그런 나를 보려 해

이건 내가 버틸 노래
길을 잃을 때 찾아올 멜로디
두려운 날의 나를 꼭 닮아서
부디 나를 찾길 바래

어느 날의 늦은 밤에
혹시 내가 잡을 곳이 없이 비틀거릴 때 날 위해

멀어지고 나면 아름다울 날들
결국 모든 건 시간이 예쁜 덧칠을 하길 기다리네
넌 니가 진짜로 원한 게 뭐라고 생각해 ?
또 그게 옳다고 생각해 ?
Don' t let it go, don' t let it go

それらしい服を着て何でもないふり
慣れようとしてるそんなときに私を起こそうとする

とても背が低かった私
見上げた空にその月の光を覚えてる
もう一度頭の中に描く　そして　私は夢を見る
自分を失わないように、oh

그럴듯한 옷을 입고서 아무렇지 않은 척
익숙해지려 할 그럴 때 다시 날 깨우려 해

아주 키가 작았던 나
올려봤던 하늘에 그 달빛을 기억해
다시 머릿속에 그린다 그리고 난 꿈꾼다
나를 잃지 않도록 , oh

抜きんでてる

今日もぶつかる
私はぽんとはたいて通り過ぎる
私はめったに狂わない
私は沸点がちがう

同じ正答を書いてほしいなら
白紙の紙をぶちまけてやるわ
私の答えが間違ってるなら
私の名前に赤線をひいてもいい

この世に私は一人だけなんだから
自分がひいた線についていく
四角い紙には似合わない　I draw my way
そう　私はもしかしたら少しちがう
遠くから見ても少し抜きんでてる
私を丸め込もうとしないで
息を止めようとしないで

そう　私は間違ってない　少しちがう
よく見て、私たちはみんな抜きんでてる
一緒に歩いてもみんなちがう世界の中で
見てみて、みんなちがう

この世界に私を送ってくれたんだから
私は私を信じて生きていく
長々とした列の後ろで待ったりしない　I got my way

남달라

오늘도 부딪혀
난 툭 털고 지나쳐
난 좀처럼 안 미쳐
난 끓는점이 달러

똑같은 정답을 써달라면
그냥 빈 종이를 던져줄래
내가 틀린 답이라면
내 이름에 빨갛게 줄을 그어도 돼

이 세상에 난 하나뿐이길래
내가 그린 선을 따라가
네모난 종이엔 어울리지 않아 I draw my way
그래 난 어쩌면 조금 달라
멀리서 봐도 좀 남달라
나를 구겨 넣으려 하지 마
숨을 막으려 하지 마

그래 난 틀리진 않아 좀 달라
잘 봐 , 우린 전부 남달라
같이 걸으면서도 다 다른 세상 속에서
봐봐 , 다 달라

이 세상에 날 보내주었길래
나는 나를 믿고 살아가
기나긴 줄 뒤에 기다리지 않아 I got my way

野草の歌

花が咲いたらその時は君が私に気づいてくれるよね
私の枯れた葉に冷たい雨が降ったら私は変われるよね
いつも私をかすめた春が私にも来るのなら

たった一握りの土で
一筋の光で
激しい風間にも
最後まで耐えた根っこで
見事な花を咲かせる
誰かが記憶してくれる一房として

私の名前のそばに誰かが意味を残してくれるのなら
疲れることなく夢を見たという言葉で私を呼んでくれることを
誰かを待ちながら

歩みを止めて誰かが私を見つめるのなら
その瞬間は刹那だとしても悲しみがないことを
私が長く待ちすぎた理由だったと信じられるように

들풀의 노래

꽃이 피면 그땐 니가 날 알아보겠지
내 마른 잎에 찬 비가 오면 난 달라지겠지
늘 날 비껴가던 봄이 내게도 온다면

단 한 줌의 흙으로
한 줄기 빛으로
드센 바람결에도
끝내 버틴 뿌리로
흐드러진 꽃을 피워
누가 기억해줄 한 송이로

내 이름 곁에 누군가 의미를 남겨준다면
지친 적 없이 꿈을 꿨다는 말로 날 불러주기를
누군가를 기다리며

걸음을 멈춰 누군가 나를 바라본다면
그 순간은 찰나라 해도 슬픔이 없기를
나의 기나긴 기다림의 이유였다고 믿을 수 있게

和解

私はあなたから私が嫌いな私を見て
無性に私は他人のふりをしたかった
私が手をつかむと避けるところがなさそうで
ふりきった指先は私より温かかった

始めから愛したのは　その気持ちが深すぎる
生きてるとそうだったことを忘れもするよね
やっと私よりもっと小さくなったあなたを見て
わかろうと努力する自分が卑怯

あなたは私の大きな根っこで
いつも私を抱きしめた陰で
向きあえなかった太陽で
私よりもっと私の名前だった

화해

나는 그대에게서 내가 미워하는 나를 보아서
괜히 난 다른 사람인 척하고 싶었어
내가 손을 잡으면 피할 곳이 없을 것 같아서
뿌리쳤던 손끝은 나보다 따뜻했어

처음부터 사랑한 건 그 마음이 너무 깊어
살다보면 그랬단 걸 잊기도 하지
이제서야 나보다 더 작아진 그대를 보며
이해하려 노력하는 내가 비겁해

그댄 나의 커다란 뿌리였고
항상 나를 품은 그늘이었고
마주 보지 못한 태양이었고
나보다 더 나의 이름이었어

遠くからようやく

いらだって地団駄を踏んだよね
頭を埋めるほどどうしていかわからなかった
毎日が手に余るのは当然だった
私の青春に私はいちばんあくどい人

私みたいな人に会った
いい人、悪い人みんな　ある瞬間の私だった
泣いて笑ったのは当然だった
私は私をいちばん知らなかった人

遠くからようやく見える　今となっては当然なことたち
大切なものはいつも近くに
そして少しつまらないものたち
そうやって鮮やかになった君を

멀리서 비로소

조바심이 나서 발을 굴렀지
코앞에 머리를 묻고 어쩔 줄을 몰랐어
매일이 버거운 건 당연했어
내 청춘에게 난 가장 못됐던 사람

나만큼의 사람을 만났어
좋은 사람 , 나쁜 사람 모두 어느 순간의 나였어
울고 웃었던 건 당연했어
나는 나를 제일 몰랐던 사람

멀리서 비로소 보이는 이제야 당연한 것들
소중한 건 늘 가까이에
그리고 조금은 하찮은 것들
그렇게 선명해진 너

訳者あとがき

『ふつうのことばたち』は、韓国で作詞家・放送人・作家としてマルチに活躍するキム・イナさんの2作目の本です。これまで作詞されて世に出た歌は500曲を超えるので、キム・イナさんの名前を聞くのが初めてでも、K-POPファン、韓国ドラマをよくご覧になる方は、好きなアーティストの曲やドラマのOSTを通して、彼女が作詞した歌を耳にしているのではないかと思います。

わたしがキム・イナさんについて詳しく知ったのは、ふと手にした延江浩さんの『松本隆 言葉の教室』を読んだことがきっかけです。

2021年の春に、『ヘイトをとめるレッスン（原題：言葉が刃になるとき）』（ホン・ソンス 著）という韓国の本を共訳したこともあり、心のバランスを保つためにも、言葉のもつポジティブな面や自分の〝好き〟により目を向けたいなと思っていた時期にこの本を読みはじめました。歌詞にまつわるお話や作詞家さんの視点について知るのは初めてだったので、何もかもが新鮮で面白く、思わず松本隆さんの活動50周年トリビュートアルバム『風街に連れてって！』を手に入れ、小学生の娘たちと何度も聴いては口ずさむほど歌にも夢中になりました。

そんな中、韓国の作詞家やアーティストの本も読んでみようと思い立ったのがキム・イナさんとの一方的な出会いの始まりです。最初に読んだのは２０１５年刊行の『キム・イナの作詞法』でした。これがまた、出版翻訳をかじったばかりのわたしの心に小さな勇気と、それまで何となく好きで聴いていた韓国歌謡、Ｋ-ＰＯＰへの興味をむくむくとかき立ててくれる内容でした。

ワクワクしながら読み終え、友人と「とりあえず日本語にしてみようか」となったのが２０２２年の春前です。そしてその後「『ふつうのことばたち』にも癒されたし、訳すとどんな感じになるんだろう」と、独りで翻訳作業をスタートしてみたところ、仕事と家事の合間のルーティーンとなり、いつしか本書の下訳ができあがりました。

キム・イナさんの本を読み始めたのとちょうど同じ頃、韓国留学時代に聴いていたＭＢＣラジオが日本でもスマホアプリで視聴できることを翻訳家の桑畑優香さんに教えていただき、偶然にも『김이나의《キムイナエ》 별이《ピョリ》 빛나는《ピンナヌン》 밤에《パメ》（キム・イナの星降る夜に）』（『星降る夜に』は韓国で１９６９年から続く人気ラジオ番組です）を聴き始めました。

『キム・イナの作詞法』は、作詞家としての〝10年間の生存記〟があますところなく綴られたものですが、2作目の本書とラジオからは、秀でた存在としてよりかは自然体に近いキム・イナさんを感じられる気がします。多くの人の心を動かす作詞家でもあり、人の心に触れる文章を紡ぐと同時に、リスナーとの対話をいとわない人。そんな彼女が韓国でジャンルを超えて活躍し、後輩アーティストや仕事仲間に慕われ世間に受け入れられているのには、理由があると思います。

たとえば、自分自身を「小さなことに感動し、傷つきやすい」「〝好き〟にとことんハマるオタク」だと告白する正直さや、小さな幸せと刹那的かつ長い目で見たときの幸せを大切にする人生観、相手の立場になって考えようという姿勢、仕事をする上で何より人との関係を大切にする点、柔軟さ、自分自身やものごとの客観化が卓越している点、抜群のユーモアセンスなどが合わさって、人びとの心をくすぐるのではないでしょうか。名のある作詞家というだけにとどまらず、自分の〝好き〟や〝作品〟を通じて後進や平凡な日常を生きるわたしたちの道を歩きやすくしようとしてくれる人、少しでもどこかの誰かの気持ちが楽になるようにと対話を重ねてくれる人。そんな姿と親近感をおぼえやすい声のトーンや話し方、心地よく綴られた文章や歌が、小さくて弱いわたしみたいな人間にも、言葉の壁を超えて刺さったような気がします。

わたし自身が癒される中、自分と同じく悩みが絶えない友人たちや未来の読者を思い浮かべながら翻訳を進めました。原文の息づかいと、「辛いことがあっても大切な人と一緒に少しでもいい人生を歩みたいですよね」というキム・イナさんの想いが、日本語版からも伝わるとうれしいです。

そして、中学生時代、日本の曲をよく聴き影響を受けたという（日本大衆文化が開放されていなかったにもかかわらず！）キム・イナさんのことが、日本でもたくさん知られるようになればそれほどうれしいことはありません。

本書の刊行にあたっては、韓国で脚本家・女性インディユニット〝ミミシスターズ〟として活動する旧知の友人〝小さなミミ〟に、初めから終わりまでたくさん助けてもらいました。また日本での出版を思いあぐねていた際には、文筆家でイラストレーターの金井真紀さんにも快く相談に乗っていただきました。そのおかげで刊行までを気持ちよくご一緒してくださったイースト・プレスの編集者、中野亮太さんに出会うことができたのは何よりの幸運でした。お三方には感謝の気持ちでいっぱいです。

また、イラストとデザインをご担当いただいた朝野ペコさんと成原亜美さん、とても素敵な本に仕上げていただきありがとうございました。お二方がこの本に携わってくださると聞いた時は、本当にうれしかったです。そして、本書を推薦してくださった古家正亨さんにも深く感謝申し上げます。四半世紀にわたりK-POP・韓国エンタメと関わってこられた古家さんからの推薦文はとても心に沁みました。

最後に、本書を手に取ってくださった日本の読者のみなさま、本当にありがとうございます。

2024年5月　たなともこ

わたしたちの心《こころ》をつなぐ
ふつうのことばたち

2024年5月16日　第1刷発行

著者　キム・イナ

訳者　たなともこ
装画　朝野ペコ
装丁　成原デザイン事務所

発行人　永田和泉
発行所　株式会社イースト・プレス
〒101-0051
東京都千代田区神田神保町2-4-7　久月神田ビル
Tel.03-5213-4700　Fax.03-5213-4701
https://www.eastpress.co.jp
印刷所　中央精版印刷株式会社

ISBN 978-4-7816-2312-2

本作品の情報は、2024年4月時点のものです。情報が変更している場合が
ございますのでご了承ください。